Cornils Wolf

Ich, Pebbles

Cornils Wolf

Ich, Pebbles

Tag für Tag

Fast eine Biographie

Juli 2022

Bibliografische Information der Deutschen Nationalbibliothek:
Die Deutsche Nationalbibliothek verzeichnet diese Publikation in der Deutschen Nationalbibliografie; detaillierte bibliografische Daten sind im Internet über http://dnb.dnb.de abrufbar.

© 2022 Cornils Wolf
Juli 22

Herstellung und Verlag: BoD – Books on Demand, Norderstedt

ISBN: 978-3-756-81451-0

Für alle Straßenhunde,

die weniger Glück im Leben haben

als ich

Pebbles' Erlebnisse

aufgeschrieben von einem Freund

im April 2022

Ich, Pebbles

Tag für Tag - Das erste Jahr - 2022

1

Einige Worte vorweg.

Tja, wie soll ich anfangen?

Ich bin Pebbles. Das heißt, jetzt bin ich Pebbles. Vor kurzem hieß ich noch anders. Eins war ich aber schon immer: Hund. Als ich geboren wurde, war ich ganz klein. Nicht größer als heute mein Kopf. Also wirklich, richtig klein. Wenn man nicht genau hinsah, konnte man mich glatt übersehen. Ach ja, eins noch, ist wichtig. Ich bin ein Mädchen. Viel weiß ich nicht mehr aus dieser Zeit. Will ich auch gar nicht. Erzähl ich später vielleicht einmal. Jedenfalls wohne ich jetzt bei 2 Leuten, sind ein Mann und eine Frau. Die kennen sich, glaube ich, schon länger als ich die. Soweit ist ja auch alles in Ordnung.

Besser, war alles in Ordnung. Plötzlich haben die viele Sachen in Taschen und sowas eingepackt. Und haben auch alle meine Sachen, also viele hab ich ja nicht, aber meine Schüsseln, meine Leine und meine Decke und schließlich auch mich ins Auto gepackt. Dann sind wir alle drei losgefahren. Ich war ganz aufgeregt, wusste ja nicht, was die mit mir vorhatten. Richtig schlecht war mir. Konnte ich ja nichts gegen machen. Gar nichts. Bisschen Angst hatte ich schon.

Dann sind wir angekommen. Die Leute dort, ein Mann mit einem ganz dicken Bauch und eine freundliche Frau, kannte ich schon ein wenig, hatten wir mal besucht. Da wohnt auch ein Hund, kannte ich auch schon. Eine riesengroße, ganz schwarze Hündin mit einem weißen Fleck vorn. Hatte ich auch ein wenig Angst vor.

Da haben meine Leute dann alles wieder ausgepackt. Alle meine Sachen und auch mich. Und haben gesagt, wir fliegen jetzt ein paar Tage nach ...; keine Ahnung, was die vorhatten. Jedenfalls waren die dann weg und ich blieb hier. Na, meine Sachen hatte ich ja noch.

Und ganz, ganz wichtig, haben meine Leute noch gesagt, bloß nicht von der Leine lassen. Nie! Sie hört dann gar nicht mehr und rennt völlig aufgedreht durch die Gegend. Absolut kopflos. Na ja, so ganz stimmt das nicht, aber so ganz falsch ist das auch nicht. Na, ok.

Nach der ersten Nacht fand ich das hier gar nicht so schlecht. Die Hündin war nett, hat nichts gemacht. Pippa heißt sie. Die beiden Leute waren auch nett. Der Mann mit dem dicken Bauch hat mit mir gespielt und die freundliche Frau bringt immer was zu essen. Nicht nur für mich. Auch für den großen, schwarzen Hund und sie beide selber. Nach der zweiten Nacht fand ich das gut hier.

Und nach der dritten Nacht da habe ich beschlossen, zu bleiben. Für immer. Und dann habe ich meinen 2 Leuten geschrieben. Per Email.

Die hatten ja gesagt, sie kommen in ein paar Tagen wieder. Die sollten ja Bescheid wissen.

2

Guten Morgen,

hier schreibt Pebbles. Damit Ihr das wisst.

Ich überlege, hier zu bleiben und bei Euch zum nächstmöglichen Termin zu kündigen. Ihr dürft dann mal zu Besuch kommen. Es ist hier alles so lustig. Gestern war es besonders lustig, da hatten wir am Beringer Weg meine Leine hängen lassen. Haben wir gar nicht bemerkt. Erst heute morgen, als wir los wollten und keine Leine mehr da war. Na ja, ist ja alles gut gegangen, sie hing noch von gestern da oben am Weidezaun. Bei den Treppen hier habe ich noch Probleme, ich brauch einfach zu viele Hüpfer für hoch und runter. Rauf sind es 4 bis oben, 3 wäre besser, aber dann bleibe ich immer an der obersten Stufe hängen. Runter brauch ich immer noch 5 Hüpfer. Aber das wird schon.

Heute habe ich loses Rad von der freundlichen Frau gefunden. Äh, nein, kein Rad von der Frau selbst, nein, von Ihrem Bürostuhl. Ich hab dann das Rad schnell nach oben gebracht und allein und völlig selbsttätig aus dem runden Rad ein eckiges gemacht. Aber die Frau hat das Rad gesucht und leider sofort bei mir vermutet. War ja auch richtig. Na, der Mann mit dem dicken Bauch hat erst das Rad wieder rund gemacht und dann mich. War aber nicht schlimm.

Ausgucken ist auch super, ein Foto habe ich im Anhang

mitgeschickt. Wir sitzen immer auf der Treppe am Fenster. Wenn Pippa doch nicht so verdammt hohe Schultern hätte, ich muss mich immer so strecken, um von der nächst höheren Stufe über ihre Schultern gucken zu können. Aber es geht schon. Manchmal sitzt der nette Mann mit dem dicken Bauch in der Mitte zwischen uns und wir warten auf die freundliche Dame mit dem Einkauf.

Also, wie ist das denn nun mit der Kündigungsfrist? Oder geht das nicht, gar nicht - na, zur Not muss ich dann Amalienstraßler bleiben.

Viele Grüße - Eure Pebbles

PS: Das mit der Leine war nur für Euch zum Erschrecken – hähä!

3

Guten Morgen,

hier schreibt noch einmal Pebbles.

Aber das wisst Ihr ja schon, es schreibt Euch ja sonst keiner.

Ich will auch nicht groß stören. Muss schön sein, so ein Urlaub auf Mykonos. Eure Email hab ich gelesen. Ihr habt ja meine Kündigung abgelehnt, lebe ich denn mal mit. Hätte ich ja auch schlechter treffen können als bei Euch. Also, nutzt Eure Chance. Nee, aber deswegen schreibe ich nicht. So, nun zu meinem Problem. Ich habe mal mehr und mal weniger Schmerzen im meinem Hüftbereich. Das ist nicht schön. Ich weiß auch nicht, woher das kommt. Aber das ist immer, wenn ich höflich und zurückhaltend irgendwo sitze. Dann zieht's in der Hüfte. Na ja, so irgendwo sitze ich eigentlich doch nicht. Schon nach wenigen Minuten fängt es an zu zwicken. Immer im Hüftbereich und immer vor der Tür mit dem Schmacko-Paket. Auch vor dem Kühlschrank. Aber oben geht das noch - unten in der Werkstatt ist es viel schlimmer. Komisch - auch da vor dem Werktisch mit der Schmacko-Schale. Pippa macht dasselbe, klagt aber nicht, die hat wohl einen besseren Überblick und keine Schmerzen, warum auch immer. Der Mann mit dem dicken Bauch merkt das meist nicht. Weiß ich auch nicht. Gut, einer von uns drückt ihm dann nach einer langen Zeit - so 20 bis 22 Sekunden, kurz bevor wir gerade aufgeben wollten - die Nase mal kurz an Bauch oder Bein. Dann sagt er immer: „Ooohhh!" Und nach einer kleinen Pause: „Ihr sollt ja nicht leben müssen wie Hunde!" Dann greift er für einen Schmacko für jeden von uns hinter die Tür oder in die Schale und sofort ist der Schmerz wieder weg. Aber so richtig ist das auch nicht, denn die Schmerzen sind schnell wieder da und, wenn das so weiter geht, bald ununterbrochen da. Wisst Ihr Rat?

Viele Grüße nach Mykonos - Eure Pebbles

PS: Es drängt, bitte antwortet wieder per Email. Danke

4

Guten Abend nach Mykonos,

Danke für die zügige Antwort.

Wehwehchen hab ich schon mal gar nicht. Aber bitte -
seht es wie Ihr wollt. Wenn Ihr meine Hüftschmerzen
als Wehwehchen abtun wollt, bitte, es sei Euch unbe-
nommen. Ich will Euch auch gar nicht groß mit meinen
Problemen in Eurem schönen Urlaub belästigen.
Wirklich nicht.

Was anderes. Der Mann mit dem dicken Bauch hat
gesagt, ich sei nicht Herr meiner Einfälle. Das habe ich
nicht verstanden. Und dann hat er gesagt, man müsse
mich immer angeleint lassen. Das finde ich ziemlich
uncool. Und dann hat er noch gesagt, ich sei wie eine
Bratwurst. Die könne man auch nicht greifen, die
flutscht überall durch. Nett ist das nicht, das mit der
Bratwurst meine ich. Ha, ich bin sicher, der weiß jetzt
auch, dass ich ganz leicht zwischen den Streben der
Treppengeländer durchpasse. Sollten die beiden nicht
wissen, aber der Mann mit dem dicken Bauch hat's
wohl doch irgendwie gesehen. Der Mann mit dem
dicken Bauch und die freundliche Frau hatten nämlich
etxra für die Nacht immer 2 große Kartons oben vor die
Treppe gestellt, damit ich nicht nachts im Dunkeln die
Treppe hinunterstürze. Ja, die sorgen sich um mich.
Machen die gern, haben sie mir gesagt. Hab ich mich
sehr drüber gefreut.

Ich wohne übrigens gerne hier. Sehr gern sogar. Ihr könnt Euch also Zeit lassen mit der Rückreise. Es eilt nicht. Wirklich nicht.

Neulich hatte ich von weitem ganz oben im Beringer Weg 2 große schwarze Labradore gesehen. Heute habe ich die beiden schwarzen Labradore nun getroffen - denen hab ich erst einmal Bescheid gegeben. Na ja, so richtig getroffen nicht, ich war noch an der Haustür - wir wollten gerade los - die waren auf dem Rückweg nach Hause auf der anderen Straßenseite. Aber gut sehen konnte ich sie schon. Bis auf 30 Meter haben die sich an meinen Garten getraut - man glaubt es nicht. So eine Dreistigkeit. Gott sei Dank waren die an der Leine. So konnten sie nicht sofort flüchten. Wer weiß, was sonst mit denen passiert wäre - kopflos in Panik wie die sofort waren. Der Mann von denen hat sich kurz umgeschaut und zugesehen, dass er auf dem Campingplatz verschwindet. Dann sind wir den Berg hoch gegangen. Aber ich musste nicht. Nee, wirklich nicht. Nur zweimal pinkeln. Hab wohl zu wenig gegessen für zweimal müssen am Tag. Na ja, geh ich nochmal nachher.

Habt ihr schon mal eine Waldameise gegessen? Hatte ich auch noch nicht. So'ne große rote. Richtig geschmeckt hat die nicht. Die andere habe ich laufen lassen, hat ja auch ein Recht auf Leben.

Nachher füllt mir die freundliche Frau wieder mein Essen in die Schüssel. Ich mach die dann immer ganz schnell sauber. Dann noch kurz was trinken, am besten aus Pippas Schüssel, die trinkt auch immer aus meiner - wenn sie nicht wieder ganz arrogant guckend aus dem Waschbeckenwasserhahn trinken muss. Echt, wie die dann guckt. Richtig blöd. Ich kann doch nichts dafür, dass die soviel größer ist als ich. Außerdem, auf zwei Beinen stehend trinken ist nicht gerade so das Gelbe vom Ei. Voll unbequem - aber bitte, wenn die Dame gern möchte, soll sie doch.

Aber sonst ist sie sehr nett - hat mir auch beim Kampf mit den Labradoren den Rücken freigehalten. Dann habe ich die Hässlette von Jemandem, der wohl irgendwo im Neubaugebiet wohnt, kennen gelernt. So ein kleiner, ziemlich dick, kaum Beine, dafür im Fell die weißen Haare ganz gelb. Booaah, ist der häßlich. Hab ich ihm auch gesagt, ich glaube, der hielt das für'n Scherz oder gar Anmache. So ein Träumer! Ist dann fünfmal um mich rumgetanzt - zack, hatten sich die Leinen vertütelt. Nun tütel die mal wieder ausein-ander, wirste mallig bei. Hab ich ihm meine Meinung gesagt. Hat der für'n Kompliment gehalten. Na ja, so doof ist der dann doch nicht gewesen. Sieht halt nur einfach Sch... äh, unattraktiv aus. So mit schwarzen und gelben statt weißen Haaren.

So, Kameraden, hier beginnt jetzt in Kürze der Abend. Bei Euch ist wohl schon alles dunkel. Ach was, macht was aus dem Abend - viele davon habt ihr ja nicht mehr. Ich könnte ja noch viele, viele, ja sogar ganz, ganz viele Tage hier bleiben, meine Entscheidung. Mal drüber nachdenken, wie Ihr mich davon überzeugt, wieder in die Amalienstraße zu ziehen. Wird nicht einfach - für Euch.

Lieben Gruß

Pebbles aus Jostedt

5

Hi,

Ja, ja, ich weiß, schon wieder eine Email von mir. Ist aber wichtig, bevor Ihr's von anderen erfahrt.

Heute habe ich Mist gebaut. Wir haben beide einen Hundekuchen bekommen. Pippa ist ja immer ziemlich lahm, bis sie den dann mal isst. Wenn die anfängt, hätte ich den dritten schon auf. Aber ich kriege auch immer nur einen. Heute habe ich ganz schnell meinen gegessen und dann gleich den von Pippa mit. Die hat nichts gesagt - nur geguckt. Aber der nette Mann mit dem dicken Bauch hat's gesehen. Das war ganz schön blöd. Der hat mir so schnell eine gewischt, hätte gar nicht gedacht, dass der sich so schnell bewegen kann. Booaah, hab ich mich gewundert.

Jetzt weiss ich, was er meint, ich sei nicht Herr meiner Einfälle, zumindest so ungefähr. Gut, er hat mich ganz schnell überzeugt, so etwas nicht noch mal zu machen. Jedenfalls nicht dann, wenn er das sehen kann. Da bin ich schnell zu Kreuze gekrochen. Habe gar nicht gewusst, dass ich so überzeugend kriechen kann. Ja, was soll's, er war dann auch schon nicht mehr böse. Ich habe um Entschuldigung gebeten, zuerst bei dem Mann mit dem dicken Bauch. Bin immer hochgesprungen, hab die Ohren schön seitwärts, so weit es geht, nach außen gehängt und ganz traurig geguckt. Dann bin ich zu Pippa und habe ihr auf die Nase gestupst. Ja, dann war alles wieder gut. Hab mich riesig gefreut, und dann hab ich mich schnell vor die Hundekuchenschale gesetzt, und gefragt, ob wir nicht alle zusammen mal einen essen wollen. So alle zusammen, das macht dann immer am meisten Spaß, zumal bei Pippa immer so einige große oder kleinere Krümel übrig bleiben. Die schmecken immer am besten. Komisch - ist aber so. Hat geklappt. Der Mann mit dem dicken Bauch hat aber statt Schmacko lieber ein Stück Schokolade genommen. Jetzt mach ich Mittagsschlaf im Garten in der Sonne. Angeleint, macht nix.

Ach, was ich noch sagen wollte, ich bleibe jetzt auch nicht mehr auf dem Weg nach oben an der letzten Stufe der Treppe hängen. Aber 4 Sätze brauche ich noch immer für die 13 Stufen.

Einen lieben Gruß

Eure Pebbels aus Jostedt vormals Amalienstraße

6

Ja, Guten Morgen

Ja, ich bin's.

Was ich ja noch sagen wollte – bin noch etwas durch'n Wind wegen gestern mit dem Kampf gegen die Labradore. Hier ist immer soviel los. Ständig muss ich hier für Ordnung sorgen. Jetzt stehe ich immer mit den Hinterbeinen auf Stufe 2 der Treppe nach oben und mit den Vorderpfoten auf der Fensterbank. Da habe ich guten Durchblick über den ganzen Hof. Nur mich sieht man nicht von draußen – ist noch dieser Kasten mit den roten Blumen vor. Die freundliche Frau findet die Blumen ja so schön, mir egal und gar nicht so schlecht, wenn man mich von draußen nicht gleich sieht. Und wenn dann Pippa auch noch guckt, reicht es immer noch, an den Blumen und Pippa kann ich noch gerade vorbei gucken.

Hach, das war vielleicht peinlich – fällt mir gerade ein – gestern musste ich nach unklaren Geräuschen auf der Straße schnell gucken, dass alles ok ist und sich hier keiner sorgen muss. Also ich hörte irgend so'n Kläffer auf der Straße – mir fiel sofort dieser ekelhafte Untote ein. Ich also vom Teppich schnell hingerast zur Treppe. Aber, war etwas blöd – ich hatte die Treppen verwechselt, war auf dem Weg nach unten, dabei musste ich doch nach oben. Dann brems Du mal bei meinem Tempo, hat mich 5 Stufen gekostet. Zurück, und dann den richtigen Weg auf die obere Treppe. War gar nichts los. Na gut, hat keiner gesehen, den Irrtum. Höchstens die freundliche Frau mit dem Einkauf – aber die hat nix mitgekriegt, glaube ich. Passiert bei der freundlichen Frau öfter, hab ich schon rausgekriegt.

So, ich muss jetzt Schluss machen. Gibt was zu essen.

Pebbles aus Jostedt   vormals Amalienstraße

7

Also wirklich, ach ja, Guten Morgen noch vorweg.

Also wirklich, Pippa ist nicht meine Schwester. Wer denkt denn sowas. Habt Ihr mal gesehen, wie die aussieht? Viermal so breit wie ich. Deren Schenkel sind dicker als meine ganze Hüfte! Schwester - ich glaub es nicht! Wie kommt Ihr denn auf sowas?

Und dann die Größe - ich reiche der gerade bis zur Wolfskralle. Ja, hat die, hab ich gesehen. Mindestens eine, am linken Bein. Oder am rechten, genau weiß ich das nicht - hängt ja auch davon ab, von wo ich gucke, jedenfalls eine hat die. Und bis dahin reiche ich. Ich frag mal die freundliche Frau vom Einkauf, wo die Kralle ist - ach, nee, lieber nicht, links und rechts, kann die das? Ich weiß nicht. Und dann die Haare von Pippa, so viele Haare. Gäbe ich der alle meine Haare, und ich meine wirklich alle meine Haare, das würde bei der noch nicht einmal für den untersten Teil ihres Schwanzes reichen. Und dann die Höhe – guckt doch mal, wie es beim Ausgucken ist. Warum sitze ich denn immer eine Stufe höher und seh trotzdem nix! Schwester? Booah, nee, Schwester, Tante eher. Ja, Tante ist gut. Das passt. Sie ist ja immer nett, aber ein bisschen trutschig ist sie auch öfter.

Bin ziemlich müde - hier ist immer soviel los. Ich kann nicht mehr schreiben, ich schlafe gerade ein.

Pebbles aus Jostedt vormals Amalienstraße

8

Guten Morgen,

Einer von Euch hat heute Geburtstag, hab ich gehört. Wer denn? Ach, ist auch egal - Hauptsache es gibt ordentlich zu essen. Oder bei Euch, lieber ordentlich zu trinken.

Ach, Geburtstag war gestern schon? Das ist blöd, aber gratulieren tu ich trotzdem, ist doch egal ob heute, gestern oder morgen. Hauptsache kommt von Herzen. Und sowieso, ich bin ja Hund. Da muss ich das nicht behalten. Andersrum ist wichtig. Hauptsache ihr wisst, wenn es bei mir soweit ist. Wegen der ganzen Essenssachen, die es zum Geburtstag gibt. Und Geschenke. Weiß ich von Pippa. Gelber Ball, roter Ball, blaue Raupe, Einhorn und so weiter. Mein Gott, was die alles kriegt.

Aber diesen Ball, der aussieht wie ein runder Kopf ohne Hals und mit rotem Gesicht, den brauch ich nicht. Ich bekomm immer'n Schreck, wenn ich den irgendwo sehe. Der bleibt ja auch immer im Garten. Einen Namen hat der auch noch, der Ball. Wilzen oder so heißt der. Hat wohl mal in einem Film über einen Seefahrer auf einer einsamen Insel mitgespielt, oder so. Hat der Mann mit dem dicken Bauch erzählt.

Wann hab ich denn Geburtstag? Weiß ich gar nicht. Na, werde ich schon merken. Muss ich Euch mal sagen mit dem Geburtstag. Ist mir sehr wichtig, mein Geburtstag.

Ihm sagen, ihm ist besser – glaube ich. Mein Gott, überlege ich, wie heißen die beiden denn noch? Die hab ich jetzt schon so lange nicht mehr gesehen. Na ja, ich will ja eigentlich sowieso gern hier bleiben. Mal sehen, der Mann mit dem dicken Bauch hat gesagt, es sind nun nur noch 2 Tage, aber dreimal schlafen.

Aber das mit dem Geburtstag darf ich nicht vergessen- ist wichtig. Ja, ihm, ihm sag ich das dann. Der mit diesem Chinesen oder was auch immer auf'm Arm, der scheint mir sorgfältiger als sie. Sie ist aber auch ganz nett. Sieht älter aus als sie ist, hat er mal gesagt, glaub ich. Schminkt sich auch nicht mehr, soll früher mehr gewesen sein. Auch egal, muss sie ja wissen. Der läuft ihr ja nicht weg, auch ohne Schminke nicht.

Na ja, lieber hier bleiben ist eigentlich ziemlich gut, Ihr Beiden könnt mich ja ab und zu mal besuchen. Am meinem Geburtstag kann ich aber auch mal zu Euch hingehen. Am besten ich fahre mit dem Mann mit dem dicken Bauch und der freundlichen Frau zusammen mit Pippa im Auto dahin. 12 Beine in so einem Cabrio. Haben wir heute gemacht. Alle zusammen zum Einkaufen. Die freundliche Frau hat sich - warum auch immer - nicht getraut, allein zu fahren. So sind wir alle 4 rein. Für Pippa ist es ja ein wenig eng so da unten, wo die freundliche Frau ihre Beine und Füße hinstellt. Na ja, da sieht die mal, wie es ist, immer ganz unten zu sein. Ich hatte aber den ganzen riesigen Rücksitz für mich allein. Alles in schönem Leder. Aber kalt war das Leder. Ich glaub, deswegen haben die mir ein Handtuch untergelegt. War gleich viel wärmer. Und oben drüber habe ich ein Dach nur für mich. Windschott oder so haben die das genannt. Das Windschott lassen wir unten, hat die freundliche Frau gesagt. Dabei haben die das Dach gar nicht aufgemacht - kennt Ihr das? Ach nee, geht bei Eurem Wagen ja sowieso nicht. Nun konnte ich gar nicht oben rausgucken und durchflutschen war auch nicht. Das war etwas blöd, aber sonst war das toll. Ihr müsst Euch auch einmal ein Auto kaufen, nicht immer nur diesen Mini fahren.

So, das war's für heute. Wieviele Tage habt Ihr da noch auf diesem Vulkanfelsenrest ohne Bäume? Fünf? Oder vier? Ach nee, ist ja nur noch heute. Morgen geht's ab nach Haus, wie dooof. Sooo schnell vorbei, Euer schööööner Urlaub, Wie schade - 1 Tag nur noch - das tut mir aber seeeehr leid.

Macht was draus.

Pebbles aus Jostedt vormals Amalienstraße

PS: Für morgen hab ich noch eine Geschichte. Hat sich wirklich ereignet: Ich als mezidienisch ... midizeni... – Mein Gott, so ein sauschweres Wort – so jetzt hab ich's: medizinischer Therapeut wollte ich sagen. Komme ich schnell ganz aus dem Rhythmus (HA!) beim Schreiben - tja, mit dem Griechischen hab *ICH* aber keine Probleme!

9

Also, heute.

Nee, eigentlich noch gestern, boooaah, da war was los. Man glaubt es nicht. Es war der Schreck meines Lebens. Ich habe ja schon viel erlebt mit Euch Beiden, aber das, nein das, das war wirklich die Krönung, der absolute Hammer. Unfassbar. Ich bin noch ganz aufgeregt, wenn ich nur daran denke. Mein Gott, was für'n Schreck. Ich kann noch gar nicht richtig berichten – ich muss das erstmal in Excel sortieren, wie ein woker Typ das so sagt. Aber,

Guten Abend erstmal.

War eigentlich ein schöner Abend. Gestern. Fing gut an. Also was der Mann mit dem dicken Bauch und die freundliche Frau so alles Leckeres essen. Ihr glaubt es nicht. Und vor allem, haben sie gesagt, nicht so'n Quatsch wie Wasser mit Deckweiß – ich weiß gar nicht, was Deckweiß ist … - Ich hab wohl komisch geguckt.

Da hat er gesagt, ist aus'm Pelikan-Tuschkasten die Extra-Tube mit dem Weiß. Kannst Du nicht essen, sollst Du auch nicht, und ich schon gar nicht, meinte er. Aber manche modernen Menschen, wisst Ihr, die, denen man alles erzählen kann, was gesund ist, die nehmen das, machen Wasser dazu und schmieren das in ihr Hafenflockenpulver. Dann machen die noch mehr Wasser dazu und rühren das alles durch. Dann in den Kühlschrank, hat er gesagt, die Kälte nimmt ja den

Geschmack weg und dann trinken die das. Und dann, ja und dann nennen die das Hafermilch. Na ja, so'n Quatsch wie Wasser mit Deckweiß, also Hafermilch, kommt hier nicht auf den Tisch. Damit würde er sich nicht mal die Fußnägel polieren, hat er noch gesagt. Meine Güte, welch ekelhafter Gedanke. Ja, ja, ist ja gut, das wollte ich doch gar nicht sagen, aber Ihr immer mit Euren Zwischenfragen, da kommt man nicht voran.

Ich war doch noch bei gestern Abend. Jetzt bin ich hier auch ganz durcheinander. Ich sitze ja vor zwei Bildschirmen, während ich Euch schreibe. Obwohl ich nun nicht zu den gänzlich Kleinsten gehöre, sondern eher so eine mittlere, quasi perfekte Größe habe, ihr wisst so etwas ja selbst auch zu schätzen, muss ich mich doch zuweilen leicht, aber nur ganz leicht strecken. Aber auf dem anderen Bildschirm, also der, auf dem ich nicht schreibe, sehe ich Euer Flugzeug, wie es gerade um 18 Uhr 26 ganz pünktlich landet.

Na, dann seid Ihr heil zumindest schon mal in Bayern angekommen. München heißt der Ort wohl – der Mann mit dem dicken Bauch sagt, kennt er nicht, München, kann nicht Deutschland sein, sonst wüsste er das. Na ja, egal.

Gott, wie schaaaade, ist Eurer Urlaub nun zu Ende – das tut mir aber leeeiiid. So viele Tage, und schon vorbei. Ich hab Euch das ja so gegönnt. Na ja, ihr habt noch zwei Stunden bis zum Weiterflug und könnt jetzt mal in Ruhe darüber nachdenken, ob Ihr mich noch 'mal so lange allein lassen wollt. Gut, hier ist alles super-super, ich will jetzt gar nicht vergleichen - darüber können wir in Ruhe mal verhandeln, so demnächst vielleicht mal. Ich hab mich jedenfalls noch ganz entschieden, ob ich morgen wieder in die Amalienstraße gehe.

Also besser Ihr ruft morgen früh noch einmal an und fragt, bevor Ihr den Weg so ganz umsonst macht. Ach Mist, ich muss jetzt aufhören. Der Mann mit dem dicken Bauch muss heute sich selber was zum Essen machen, er mag keine gekochte Paprikaschote - was auch immer das ist -, die die freundliche Frau essen will. Und jetzt will er den Computer ausmachen - dann kann ich nicht mehr schreiben. Nun hab ich das mit dem Schreck noch gar nicht erzählen können.

Na gut, mach ich dann morgen oder nachher noch. Mal sehen. Jetzt muss ich mit 'rauf – gibt was zu essen. Also nicht mein Essen, das hatte ich schon, nee, 'mal gucken, dass ich ein wenig nett schaue und vielleicht irgendwas abfällt.

So, dann fliegt 'mal schön nach Hamburg.
Und nicht vergessen, morgen, erst anrufen und dann – vielleicht – losfahren.

Pebbles aus Jostedt vormals Amalienstraße

10

Da bin ich wieder. Pebbles. Ich hoffe, ich störe nicht.

Guten Morgen.

Ich wollte Euch doch die Geschichte mit dem Schreck zu Ende erzählen, also die, als ich plötzlich aufhören musste, weil der Mann mit dem dicken Bauch den Computer ausgemacht hat. Und das mit der Medizin-Therapie fehlt auch noch. Vergess ich nicht, versprochen. Hoffentlich muss der Mann mit dem dicken Bauch heute nicht wieder selber kochen, dann geht das wieder los mit dem Computer-Ausmachen. Nee, ist heute anders. Gibt nachher Kartoffelsalat mit Würstchen. Kenn ich noch nicht. Der ist auch schon fertig – merkwürdig, der wird kalt gegessen, der Salat. Na gut, muss ich ja nicht essen. Mit Würstchen. Aber diese Scheißerchen haben ein Problem. Die Haut um die Würstchen rum, also der Darm, ist das wirklich Darm? Ich meine so Darm wie, äh, ja genau. Also dieser Darm ist so richtig glatt und sehr fest. Wenn ich darauf beiße, passiert nichts, nur die Wurst wird platt. Ich hab schon so richtig scharfe Zähne, kann ich eine Hundeleine in wenigen Sekunden mit durchbeißen. Hab ich schon gemacht. War blöd, war Pippas Leine. Aber, erzähl ich später mal vielleicht. Also, wie gesagt, wenn ich drauf beiße auf die Wurst, dann wird die ganz platt, geht aber nie kaputt. Und wenn ich wieder loslasse, wird die Wurst wieder rund. Muss ich oft darauf 'rum beißen, bis die durch ist. Verlier ich schnell die Geduld bei, dann schluck ich die Wurst eben einfach so runter. Ganz schnell. Damit mir die nicht beim Kauen runterfällt und mir kein anderer die wegnimmt. Aber das mit dem Runterschlucken ist eben auch so eine Sache. Die kommt dann ja nach einigen Durchatmern im Bauch an. Wird der nicht fertig mit. Versucht er ja viele Stunden. Mit allen Mitteln – hat nur eben kein Mittel für Wurstdarm. Also, was macht der Bauch damit? Richtig. Genau, er macht eine Retoure daraus. Dann kommt die Wurst wieder raus, genau da, wo sie vorher reingekommen ist. Sie landet dann immer - und vor allem auch mit viel Schmierkram am selben Ort.

Bei allen Hunden ist das so, habe ich gehört. Also, immer auf dem Teppich. Ist auch besser so, werden die Fliesen oder Holzdielen neben dem Teppich nicht auch noch mit einbezogen in die Retoure. Also, was tun? Wenn die nachher den Kartoffelsalat mit den Würstchen essen, muss ich denen klarmachen, dass die Würstchenscheiben, die für mich sind, noch einmal geschnitten werden. Der Länge nach. Weil mein Magen sagt, dann ist alles ok. Müsst Ihr auch so machen bei Würstchen ohne Kartoffelsalat. Hat mit dem Salat ja nichts zu tun.

So, jetzt muss ich mal schnell nach draußen gehen mit Pippa zusammen. Die geht immer um diese Zeit. Muss ich mit. Nachher vor dem Schlafengehen auch noch einmal. Aber erst, wenn es dunkel ist. Nicht schön so spät, ist immer so unheimlich im Dunkeln. Und in diesem Beringer Weg ist es richtig dunkel, sowas habt

Ihr noch nie gesehen. Geht ja auch nicht. Man sieht hier ja überhaupt nichts, gar nichts. So dunkel ist das.

So, wieder da. Alles erledigt. Jetzt kann ich aber nicht mehr schreiben – muss erstmal eine Runde schlafen. Na, das mit dem Schreck, kommt dann in der nächsten Runde. Bestimmt!

Bis bald. Wohl morgen. Aber erst anrufen – nicht vergessen!

Pebbles aus Jostedt vormals Amalienstraße

PS: Ganz wichtig! Ich hab nochmal nachgedacht, ich glaub, ich komm doch wieder mit Euch mit. Ich freu mich schon so. Gleich morgen früh nach dem Frühstück gehe ich mit Pippa ausgucken, da von der Treppe aus, hab ich ja schon erzählt. Dann seh ich Euch gleich. Kann ich gar nicht abwarten.

Eure Pebbles aus ~~Jostedt vormals~~ der Amalienstraße

PS: Das ist wohl meine letzte Email nach Mykonos.

11

Guten Morgen,

da bin ich wieder, Pebbles. Also doch noch einmal, das wirklich letzte Mal per Email. Ich wollte es nur noch einmal sagen.

Aber bevor ich es vergess: Ich komm nachher mit. Die freundliche Frau hat schon meine Sachen gepackt. Was bin ich aufgeregt!

Das mit dem Schreck schreib ich dann, wenn ich wieder zuhause bin. Kann ich jetzt nicht. Zu aufgeregt.

Geht wirklich nicht jetzt! Ich freu mich schon so!

Bis gleich.

Pebbles

PS: ich sitze hier nun am Fenster, schon die ganze Zeit. Wann kommt Ihr denn nun endlich? Und, bitte, lasst mich nicht mehr allein, auch wenn es hier ganz, ganz toll war.

12

Ich (erster Teil)

So, wieder zuhause in der Amalienstraße. Seit gestern schon. Ha, war das aufregend alles. Hab gut geschlafen heute nacht. Bin früh aufgewacht. Ganz früh. War fast noch dunkel. Bin erstmal kurz durch die Wohnung gelaufen. Nee, ist noch alles so wie es früher war. Vor der Reise.

Ich habe mich dann ans Fenster gesetzt. Aber noch nix los da draußen. Konnte ich in Ruhe mal ganz ungestört von meinen beiden Leuten etwas nachdenken.

Oder da kann ich dann, glaube ich, auch mal etwas über mich erzählen. Außer meinen beiden Leuten aus der Amalienstraße, und dem Mann mit dem dicken Bauch und der freundlichen Frau kennt mich ja fast keiner. Weiß auch keiner wie ich ausseh. Ich könnte natürlich auch ein Amor- oder Ussuri-Tiger sein, also diese Riesentiger aus Sibirien, bin ich aber nicht, wäre mein Zuhause auch viel zu klein für – na, würde vielleicht so gerade noch gehen, wenn sich meine beiden Leute ein wenig einschränken, aber ich bin halt keine Katze. Keine kleine und keine große, nee, boaah, überhaupt keine Katze. Ha, welch schreckliche Vorstellung, eine Katze, Gott bewahre. Nein, ich bei ein Hundemädchen, wenn ich es genau beschreiben will. Das hatte ich ja anfangs auch schon gesagt. Aber lest selbst:

Hallo Leute,

ich bin Pebbles.

Ich hab Migrationshintergrund. Also, was ich meine, ist, ich bin nicht von hier.

Von wo, weiss ich auch nicht so genau. Und von wann, ich meine, wie alt ich bin, weiss auch keiner so genau.

Ist auch nicht so wichtig. Ich bin jedenfalls jetzt hier. Die Leute, die mich hergeholt haben, haben gesagt, ich sei ein rumänischer Straßenhund. Ein ziemlich junger, so vielleicht 6 Monate alt. Ich war ja ziemlich klein, als ich hier ankam, da haben die meine Füße angeguckt und gesagt: „Guckt Euch mal die Füße an, der wird nicht viel größer – der bleibt 'ne halbe Portion!" Und einer hat gesagt, ich sähe aus wie ein Erdmännchen. Stimmt eigentlich, habe neulich 'mal so ein Foto von einem Erdmännchen gesehen. Das war aber kleiner als ich. Stand ganz senkrecht, also nur auf den Hinterbeinen. Hab ich gedacht, gute Idee, mache ich seitdem auch häufig. Sehe ich viel mehr. Mittlerweile bin ich ja auch gewachsen. Jetzt bin ich groß. Ein Mensch, ist mein Tierarzt, hat sich meine Zähne angesehen und hat gesagt, ich sei jetzt 1. Er meint, ich hätte schon dünne gelbe Ränder unten an den Zähnen, die kriegt man erst, wenn man 1 ist. Ist das nun gut, oder nicht – ich meine, das mit den Rändern? Ach was, auch egal. Ich wiege jetzt schon ganz viel, so um die 5

Kilo. Das ist 'ne ganze Menge, sag ich Euch. Soviel musst du erst mal wiegen. Ja gut, nun bin ich groß. Na ja, so richtig groß nicht, aber fast so groß wie 2 Erdmännchen. Eigentlich sehe ich auch ein wenig so aus. Mein Outfit ist ähnlich, jedenfalls ein bisschen. Besonders beim Stehen auf 2 Beinen. Das kann ich saugut, besser als alle anderen und dann winke ich noch dazu mit meinen Armen, ähh, Vorderbeinen meine ich. Im Laufen auf 4 Beinen sehe ich super aus. Und mein Schwanz, der ist nicht so ein dünner Bindfaden wie bei den Erdmännchen. Meiner ist buschig und nicht nur braun und beige, nein, viel schöner, sind auch noch längere schwarze Haare drin. Sieht super aus, die schwarzen Haare geben den perfekten Look. Und ziemlich lang ist er nun auch, geht fast bis zum Boden – na gut, nicht ganz, aber bis zu den Knien, wenn ich steh. Also, ich bin mit meinem Aussehen zufrieden, sehr sogar. Übrigens, ich seh grad', so schwarze Haare hab ich überall, quasi so als Accessoire für das perfekte Finish. Ich schick Euch mal ein Foto, wenn Ihr wollt. Damit Ihr dann noch besser wisst, mit wem Ihr das hier zu tun habt. Damit Ihr genau wisst, wer hier schreibt. Und wenn Ihr später alles gelesen habt, was ich Euch erzähle, wollt Ihr bestimmt einen Starschnitt, also so ein großes Poster, von mir haben. Müsst Ihr sagen, ich mach das bestimmt möglich.

Aber, ja, Moment, ich war ja noch bei den Leuten, die mich aus Rumänien geholt haben. Das war zuerst ganz schön blöd. Da habe ich Angst gehabt, als die mich einfangen wollten. Ich hab's denen ganz schön schwer gemacht. Ich bin immer, wenn die mich packen wollten, schnell weggeflutscht. Wusste ja nicht, was die mit mir vorhatten. Also, immer weggeflutscht. Die haben aber nicht aufgegeben. Ja, und dann nach langer, langer Zeit, also so ungefähr 3 oder 4 Versuchen, haben sie mich erwischt. Ich war einfach noch zu klein. Ja, da haben die mich dann in so eine Pappschachtel gesetzt. Konnte ich nicht mehr raus, war so eine Art Gitter oben drauf. War doof, aber wenigstens trocken und warm. Und die Schachtel kam dann in ein Auto. Die haben dann mit mir gesprochen und haben gesagt, das Gitter ist für meinen Selbstschutz. Hab ich nicht kapiert und wenige Augenblicke später haben die mir was zu essen und was zu trinken gegeben. Und dann hab ich gesehen, ich war nicht der einzige in so einer Pappschachtel. Neben mir standen noch mehr Schachteln. Aber die da drin waren, sahen alle anders aus, soweit ich das überhaupt sehen konnte; heller, dunkler, größer. Haben alle was zu essen gekriegt. So klein wie ich war aber keiner.

Dann kam ein Mensch und hat sich alle in den Pappschachteln angeguckt. Bei mir hat er ganz genau geguckt und hat gesagt, ich sei eine 'sie'. Keine Ahnung, was eine 'sie' ist. Kannte ich nicht, jetzt aber weiß ich, ich bin ein Mädchen. Die haben mich dann Jetla genannt. Na gut, hab ich gedacht, heiße ich eben **so**. Ja, und dann sind die Pappschachteln in ein anderes Auto gestellt worden. Ich auch. Und dann sind wir viele Tage mit diesem Auto gefahren. Wohin weiss ich nicht. Aber abends hat mich immer die Sonne geblendet. Die hat dann immer in meine Schachtel geschienen und kam genau von vorn. Wir hatten jetzt auch alle ein Halsband, war gebraucht und hässlich. Aber immerhin hatte ich eins. So konnten die Leute aus dem Auto ein Band dranmachen und ich konnte aus der Schachtel, ein wenig laufen und irgendwo hinmachen. In die Schachtel machen durfte ich nicht, haben die verboten. Hab ich ganz schnell gelernt. Nur einmal hab ich reingepinkelt. Hab ich gar nicht bemerkt, war alles so aufregend – da passiert das dann mal schnell. Hat aber keiner gesehen von den 4 Leuten, die mit im Auto fuhren. Ist auch schnell getrocknet.

Das Geschaukel und Gewackel im Auto hat mich überhaupt nicht gestört. Gut, anfangs habe ich gedacht, ich muss gleich kotzen. So wie in Rumänien, wenn ich das Falsche gegessen hatte. Da war mir richtig schlecht. Boaah, das war blöd. Sitz mal in so einer Schachtel, und denk, du musst kotzen. Ganz schön blöd, sowas. Aber, musst' ich gar nicht. Dann ging es auch gut mit dem Autofahren. Na, und irgendwann, so nach einigen Tagen, kamen wir da an, wo wir hinsollten. War auch eine Stadt. Viele Menschen, viele Autos – musst du viel aufpassen. War laut und hat geregnet. War kalt und die Bäume hatten nur schwarze Zweige. Hab ich gedacht, was soll der Mist, warum haben die mich hierher gebracht? Ist ja wie da, wo ich herkomme. Na gut, hab ich gedacht, bekommst' wenigstens was zu essen.

Dann war das Auto weg. Die Leute auch. Und die Pappschachteln mit uns drin standen in einem Haus. Hatten die Leute aus dem Auto noch schnell reingebracht. In einen leeren Raum. Ganz oben war ein Fenster. Konntest du aber nicht 'rausgucken. Sah nicht so gut aus in diesem Haus. Wir haben dann was zu essen und was zu trinken bekommen. Vor jeder Schachtel standen dafür jetzt so zwei billige Plastikschüsseln. Die hatten auch schon bessere Tage erlebt, die Schüsseln. War aber alles ok. Das Essen darin war gut und genug. Blieb auch nichts nach. Bei keinem. Dann gingen wir nochmal 'raus. Jeder an einer Leine. Wurde auch Zeit. Ich war schon ganz unruhig, musste so lange anhalten. Hat aber alles geklappt. Und dann kamen wir wieder in den Raum mit dem Fenster oben. Jetzt waren da nur noch 3 Leute, aber andere; neue. Die wohnen wohl in diesem Haus, hab ich mir gedacht. Alles Frauen, so wie ich. Eine junge, eine mittlere und eine ältere. Die haben dann noch ein wenig mit uns gesprochen und dann haben wir alle erstmal geschlafen.

Ach, das Erzählen davon macht mich jetzt ganz müde. Ich glaub, ich schlaf jetzt auch erstmal. Ist auch schon dunkel draußen. Morgen erzähl ich weiter. Gute Nacht.

15

Ich (zweiter Teil)

Gestern hatte ich ja angefangen, meine Geschichte zu erzählen. Nicht alles, was ich in meinem Leben schon gesehen und erlebt habe, nein. Nur die Dinge, an die ich mich gern erinnere. Die anderen Dinge will ich nicht aufschreiben – also, die Sachen, die ich schnell vergessen möchte. Und damit habe ich genug zu tun, mit dem Vergessen, wollt Ihr auch gar nicht lesen. Nein, ganz bestimmt nicht.

Ich war ja nun in diesem Haus mit den 3 Frauen an-gekommen. Die wohnen da tatsächlich. Jeden Tag. Und nun weiß ich auch, was die machen. Die suchen für solche Migranten wie mich ein neues Zuhause. Und in der Zwischenzeit kümmern die sich um uns – geben uns immer was zu essen und zu trinken, gehen mit uns auf die Wiese und um die Häuser. Und bringen uns bei, wie man sich als Hund so benimmt. Jedenfalls ein bisschen. Aber von dem, was man besser nicht machen sollte, eine ganze Menge. Machen die gut. Da kann man mit leben. Und die finden auch immer ein neues Zuhause für jeden von uns. Mal schnell, mal dauert es ein wenig länger. Die geben uns nicht gleich jedem mit, nein, die gucken schon ganz genau hin. Wir sollen es ja in Zukunft gut haben. Sonst hätten wir gar nicht von Rumänien mit dem Auto so viele Tage herfahren müssen. Bei mir haben sie gesagt, die Jetla, so hieß ich ja damals noch, kommt am besten zu einer Familie, die schon einen Hund hat. Der kann mir den Rücken frei halten und mir zur Seite stehen.

Ich hab mich dann auch ganz gut hier eingelebt. War auch zum Arzt wegen Wurmkur und so. Und impfen. War nicht schlimm. Als ich schon viele Tage hier war, kamen Leute, um zu gucken, ob ich mit denen mit sollte. Die ersten beiden fand ich doof. Den beiden nächsten war ich zu fipsig – halbe Portion und so haben die über mich gesagt. War ich froh, dass die nicht wieder gekommen sind, die waren auch richtig doof. Ja, die anderen aus den Pappschachteln von meiner Tour hierher standen schon alle in engen Verhandlungen mit neuen Leuten. Bei mir tat sich nichts. Einfach nichts.

Dann habe ich mitbekommen, dass wieder jemand kommen und gucken wollte. Eine Frau, habe ich verstanden. Ach Gott, hoffentlich keine ohne Mann. Die hängt nachher den ganzen Tag nur mit mir rum und besucht ihre Freundinnen, die alle Katzen haben. Ja, genau, Katzen. So einen Mist habe ich schon gehört. Ja, und dann kam die Frau wirklich. Ob ich wohl nun Zweithund werde, habe ich überlegt. Nee, statt einem Hund brachte die einen Mann mit. Ihren Mann wohl. Die fanden mich toll. Gut, der Mann, hatte sich etwas mehr als eine halbe Portion vorgestellt. Wir haben uns aber gleich gut verstanden.

Na, hab ich gedacht, wenn die wiederkommen, gehe ich mit.

Und was sag ich Euch, die sind wiedergekommen. Gleich am übernächsten Tag. Ich hab gehört, wie die beide, jawohl alle beide, gesagt haben, ohne den kleinen Hund gehen sie nicht wieder weg. Na, die drei Frauen und die beiden Leute haben sich dann noch länger unterhalten. Haben mich nochmal und nochmal angeguckt. Und dann haben die mit den 3 Frauen irgendwas besprochen und auch was geschrieben. Hörte sich sehr ernsthaft an. Ich hab genau zugehört, und habe mitbekommen, die Frau heißt Carolin und der Mann Yves.

Ja, und dann kam der Tag, an dem sie mich abgeholt haben. Was hab ich mich gefreut. Was war ich aufgeregt. Ich konnte es gar nicht glauben. Ein Zuhause! Mein erstes richtiges Zuhause! Ein Zuhause, mein erstes richtiges Zuhause! Und ganz für mich allein. Dann sind wir zu dritt aus diesem Haus mit den 3 Frauen weggegangen. Hab mich kurz verabschiedet. Hab noch danke gesagt, und dass ich nicht mehr zurückkomme. Nie mehr.

Ja, und nun wohne ich in der Amalienstraße bei Carolin und Yves. Sind nun meine Mama und mein Papa für mich. Nun geht mein Leben richtig los. Was hab ich mich drauf gefreut. Ganz doll. Eigentlich immer und jeden Tag wieder neu. Und dass ich jetzt Pebbles heiße, hat meine neue Mama gesagt. Find ich gut, passt zu mir. Pebbles.

Jetzt schlafe ich erstmal wieder eine Runde.

16

Das bin ich. Pebbles.

Das war ein - oder zwei Tage nach dem Tag, an dem mein Tierarzt gesagt hat, ich sei jetzt 1. Also 1 Jahr alt. Da waren wir zum ersten Mal bei Pippa. Und da hat der Mann mit dem dicken Bauch das Foto gemacht. Das war schrecklich. Der hat mich einfach hochgehoben und auf so einen Steintisch gesetzt. Dann hat er sich vor den Tisch gehockt und hat sich so einen unheimlichen schwarzen Kasten oder so vor den Kopf gehalten. Ganz dicht saß der vor mir. Auge in Auge. Das ging ja nur, weil ich auf dem Steintisch saß. Ist aber nichts passiert. Dann hab ich lieber nicht mehr hingeguckt. Der Mann hat dann viele Male irgendwas mit dem Kasten gemacht; jedenfalls hat das immer so geklackt. Nach dem Klack hat der Mann den Kasten angeguckt. Dann Kasten wieder vor den Kopf gehalten – und klack! Na ja, dann hat er mich wieder nach unten auf den Rasen gesetzt. Ich bin schnell zu Yves, also quasi mein Papa - das ist der mit dem aufgemalten Grinsechinesen auf dem Arm - hin und hab mich beruhigt. Heute weiß ich, der Mann mit dem dicken Bauch hat Fotos von mir gemacht. Solche wie das oben. Sieht doch super aus. Besser geht gar nicht.

17

Ich bin zwar nun ja wieder zuhause.

Aber die Sache mit dem Schreck muss ich einfach noch erzählen. Bin ich ja noch immer nicht zu gekommen. Und die andere Sache mit der Medizin-Therapie fehlt ja auch noch. Wenn ich nachdenke, hätte ich eigentlich noch eine ganze Menge zu erzählen. Ich glaub, ich sollte das mal aufschreiben. Das werden mir garantiert alle aus den Händen reissen. Die das nicht tun, macht nichts, die finde ich sowieso blöd. Für die erzähle ich sowieso nicht.

Aber jetzt fang ich mal gleich an mit dem Schreck. War eine harte Sache. Wollte ich ja schon lange erzählen. Ich lass mich jetzt auch nicht mehr von irgendwas ablenken. Boaah, mir sträuben sich noch immer alle Haare, wenn ich daran zurück denke. Boaah, möchte ich nicht noch einmal erleben. Ich habe ja schon viel erlebt, auch mit Euch Beiden, aber das, nein das, das war wirklich die Krönung, der absolute Hammer. Mein Gott, was für'n Schreck. Hab ich aber perfekt gemeistert, war stets Herr der Lage. Absolut.

Es war in der Woche, als ich bei Pippa gewohnt hab. Ich glaube so am dritten oder vierten oder fünften Tag. Ist aber nicht wichtig, wann. Es fing an wie immer. Eigentlich. Wir wollten oder sollten, also Pippa und ich, doch abends vor dem Schlafengehen noch immer einmal raus, damit wir gut durch die Nacht kommen.

An diesem Abend eben auch. War stockdunkel, war schon fast Mitternacht.

Wir also raus und über den Hof und an der Garage vorbei. Der Mann mit dem dicken Bauch war auch mit und hat das Tor zur Straße aufgemacht. Auf beiden Seiten neben dem Tor ist so ein Wall mit Pflanzen und Unkraut drauf. Wir also durch das Tor – und dann, ja dann und ganz plötzlich war da rechts so ein fürchterliches Geräusch und irgendeine Bewegung. So, als wenn da irgendwas in das Grünzeugs gesprungen wär. Ich hab mich so erschrocken, hab erstmal auf Pippa und den Mann mit dem dicken Bauch geguckt. Nee, die waren ok. Denen war nichts passiert. Der Mann hatte wohl nicht einmal etwas mitgekriegt und Pippa - weiß ich gar nicht.

Na ja, ich hab dann erstmal die Situation eingeschätzt und die Aufklärung übernommen - meiner Verantwortung für die anderen beiden voll bewußt. Ja, und dann war da das nächste Geräusch. So als wenn etwas – nee, ich weiß nicht, konnte ich nicht einordnen. Und dann hab ich ES gesehen. Pippa und der Mann mit dem dicken Bauch haben nun auch ganz vorsichtig geguckt. Und dann hat der Mann mit dem dicken Bauch den Arm ausgestreckt und ES ein wenig angestoßen. Mann! Da springt ES auf! Was hab ich mich erschreckt! Boaah! Der Mann mit dem dicken Bauch hat nur noch starr geguckt, wie versteinert war der. Ich war bereit zum Kampf und hab sofort einen Riesensatz gemacht – rückwärts natürlich, wollte doch kein unnötiges Risiko eingehen. Hab gar nicht gewusst, dass ich soweit rückwärts springen kann. Jedenfalls bin ich auf Pippas Füßen gelandet. Die hat aber überhaupt nichts gemacht.

Ja, und ES saß ein gewaltiges Stück weiter weg in dem Grünzeugs. Bestimmt so 10 Zentimeter weiter als vorher. Nun konnte ich ES auch gut sehen. Ziemlich kugelig und sehr unheimlich. Kein Kopf, keine Beine kein Schwanz. Hat aber gelebt. Hat geatmet – hab ich genau gesehen.

War auch ziemlich groß – fast so groß wie mein Kopf ohne Nase, so groß. Und dunkelbraun. Und hatte überall so komische spitze Dinger, auch in braun. Ich hab dann die Lage eingeschätzt und zum Angriff geblasen, also hart und furchterregend gebellt. Vertreiben wollte ich ES, schließlich muss ja einer was tun. Also ich - denn der Mann mit dem dicken Bauch war noch immer starr und Pippa wusste auch nicht weiter - völlig lethargisch die Dame. Ich also erstmal das ES weiter angebellt. Kraftvoll, laut und durchdringend und Angst einflößend. Als reinste und letzte, allerletzte Warnung. Jetzt war ES starr. Keine Rührung, keine Atmung mehr zu sehen, völlig regungslos und eingeschüchtert saß ES da.

Ich hab dann auch erstmal abgewartet - bereit zum Angriff, bereit, alles zu geben. Andererseits, bin ja kein Killer. Der Mann mit dem dicken Bauch hat immer noch geguckt und dann hat er gesagt, ganz ruhig und ganz leise hat er das gesagt, das sei ein Igel, ein junger Igel, sehr jung und noch nicht ganz so groß wie seine Hand. War mir egal, was das war. ES, also der Igel, hat nichts mehr gemacht. Hauptsache, die Gefahr hatte ich mit meinem Einsatz abgewendet und wir konnten das erledigen, warum wir überhaupt in die dunkle, unheimliche Nacht hinaus mussten. Als wir wieder im Haus waren, schlafen, nee, das war noch nicht drin für mich. Ha, ich war noch ganz bei der Sache. Ganz ausgezeichnet hatte ich das gelöst. Was die beiden wohl ohne mich gemacht hätten? Hätten ruhig mal was sagen können, aber dazu waren die wohl noch zu aufgeregt. Ich glaube, die haben sogar gezittert. Irgendwann bin ich dann wohl eingeschlafen. Ja, was soll ich sagen, solche Nächte brauch ich nicht wieder. Am nächsten Morgen hab ich dann noch einmal das Grünzeug kontrolliert. War aber nichts mehr. ES, also dieser Igel – weg, spurlos. So ein Feigling. Na, ist auch besser so. Der soll ja nicht wieder kommen. Heute Abend geh ich aber links raus, nicht dass der nun da sitzt. Wenn doch, den finde ich!

18

Ja, das war schon eine ziemlich aufregende Zeit,

die Tage, als meine beiden Leute meinten, nach Griechenland fahren zu müssen. Gut fand ich das eigentlich überhaupt nicht. Ok, aber habe ich ja schon erzählt. Jedenfalls, die Beiden wollten Spaß, dabei konnten sie mich nicht gebrauchen. Na ja, sie sind ja wiedergekommen und jetzt weiß ich auch, dass die Reise schon feststand, bevor ich zu den Beiden gekommen bin. Trotzdem, na ja, schon gut, Schwamm drüber. Keiner macht alles richtig. Ich hab wohl auch schon mal was falsch gemacht, glaube ich eigentlich zwar nicht, aber wer weiß? Nobody is perfect! Schließlich hat der Mann mit dem dicken Bauch öfters gesagt, ich sei nicht Herr meiner Einfälle. Hmmh - dabei denke ich nämlich gerade an eine so richtig lustige Sache. War auch in der Zeit, in der ich bei Pippa und bei dem Mann mit dem dicken Bauch und der freundlichen Frau wohnte. Das war richtig lustig, eigentlich gleich zweimal lustig. Wirklich, sag ich Euch. Boaah!

Könnte ich heute noch laut drüber lachen, erst wie es passierte und dann wie der Mann mit dem dicken Bauch die Geschichte später meinen Leuten erzählen wollte und die freundliche Frau es dann voll - unglaublich, aber nee, halt, der Reihe nach! Ich war wohl gerade so 2 oder 3 oder 4 Tage in Jostedt bei Pippa und hatte ganz schnell bemerkt, dass Pippa immer so tolle Hundekuchen bekam. Schmacko heißen die und sind ziemlich hart. Also so richtig hart, muss ich schon kräftig zubeißen, sonst kann ich die nicht essen. Dafür schmecken die saugut und sind vor allem auch viel größer als diese dunkelbraunen, leicht matschigen Fipsdinger, die ich zuhause höchst gelegentlich aus dieser billigen Plastiktüte bekomme. Gelegentlich - na, gut. Also diese Schmackos haben mich umgehauen. Ganz toll diese Dinger. Und vor allem die Packung, in der die drin sind, so ein richtiger Karton, groß und fest. Kann ich den ganzen Kopf rein stecken und gleich aus dem Karton essen. Pippa nicht, von der geht nur die Nase rein. Reicht aber auch. Und wo diese Schmackos sind, habe ich auch schnell herausgefunden. In der Küche, in Augenhöhe, also in meinen Augen natürlich. Hinter einer Schranktür ohne Griff. Ich glaube, das ist Absicht, das ohne Griff. Krieg ich nicht auf, die Tür. Geht auch nicht mit Kratzen. Kommt kein Schmacko raus, kommen nur Schrammen rein – in die Tür. Also das Kratzen an irgendwas kannst du bei dem Mann mit dem dicken Bauch gleich knicken. Da ist der sofort dabei. Wird der so richtig sauer. Wie ich schon ja schon mal erzählt hab, glaubt man gar nicht, wie schnell der sich dann bewegen kann. Und mich rund machen, meine ich. Hat der ja einmal gemacht bei der Sache mit dem Rad – brauche ich kein zweites Mal. Aber ich wollte eigentlich etwas anderes erzählen, hach, ich hab so viel erlebt in Jostedt, und so viel lustiges, da kommt man schon mal von dem ab, was man eigentlich sagen wollte. Also, ich war ja regelmäßig mit Pippa und dem Mann mit dem dicken Bauch unterwegs, so ein junger

Hund wie ich muss ja mehrere Male am Tag raus, ist klar, ne? Ich immer an der Leine. Mal mit dem Mann mit dem dicken Bauch, mal mit Pippa an dem einen Ende und mir am dem anderen Ende der Leine. Das ging eigentlich ganz gut, nur Pippa geht einfach immer weiter, und ich hänge doch am anderen Ende. Merkt die gar nicht, wenn ich noch gar nicht fertig bin. Ist die ja auch nicht gewohnt so mit Leine, geht ja immer ganz ohne. Wenn wir dann wieder zürück kamen, dann stand die freundliche Frau schon in der Tür. Vorher hatte sie noch schnell einen Schmacko für jeden von uns hingelegt. Das hatte ich mir sofort gemerkt und nicht wieder vergessen. Für das nächste Mal und so. Nun ist hier vor dem Haus noch so ein Podest – oder wie man das nennt. Muss ich kurz erzählen, sonst versteht das keiner. Mit ganz glatten Fliesen und 3 Stufen hoch, dieses Podest. Richtig hohe Stufen, viel höher als andere Stufen, jede fast so hoch wie ich selbst. Und oben sind es noch fast 3 Meter Strecke zur Haustür. Bis zur Küche, ich meine bis zum Schmacko sind es dann nur noch so rund 8 Meter. Leider kein gerader Weg, nein, der hat noch so eine fiese S-Kurve erst um's Treppengeländer und dann am Schornstein vorbei. Mit nassen Füßen und meinem Tempo hatte ich da aber tatsächlich manchmal deutliche Probleme. Aber gut, Kameraden, ich habe es immer ganz gut hingekriegt, weder Stufen oder Podest noch Wand oder Schornstein haben Schaden genommen, auch nicht, als ich ab dem zweiten Tag diesen Weg zeitlich sehr deutlich verkürzen konnte. Und das kam so. Wie gesagt, als wir zurück kamen, sah ich auf dem Hof angekommen schon die freundliche Frau in der Haustür. Riesig gefreut hab ich mich dann. Und dann, ich kann gar nicht anders, wenn ich mich so freue, gehe ich immer ganz viele Schritte auf zwei Beinen. Wisst ihr ja. Ich bin ja immer angeleint, also die Leine hält mich dann, so dass ich nicht falle. Klappt gut, und manchmal ruder ich dann noch dazu mit den Vorderbeinen. Ja, und das mache ich auch, wenn wir wieder zurück kommen. Irgendwann, hat der Mann mit dem dicken Bauch gedacht, muss dieser kleine Hund ja auch lernen, ohne Leine zu gehen. Machen wir doch mal zum Anfang einen kleinen, kurzen Versuch auf dem Hof.

Booaah! Boah, was sag ich Euch, wir kommen zurück, halten einige Meter vor dem Podest. Die freundliche Frau steht in der Tür, ruft und winkt. Ich wieder auf 2 Beinen, der Mann mit dem dicken Bauch macht die Leine ab. Ich bin los! Frei! Also, ich gehe nun die 3 Stufen zum Podest, begrüße die freundliche Frau, die mir dann den Weg zum Schmacko in der Küche zeigt? Klar, ja, genau das habe ich getan. Aber wie! Vor allem das WIE war schon Schreck genug für die beiden aus Jostedt. Ich bin also nicht über die 3 Stufen auf das Podest gegangen. Ich habe also nicht die freundliche Frau begrüßt. Nein, Gott bewahre, das nicht. Überhaupt nicht, ich bin gerannt. Jedenfalls die ersten 2 bis 3 Meter. Beschleunigt bis auf Höchsttempo. Und dann, ja und dann hab ich in einem einzigen gewaltigen Satz den letzten Meter vor den Stufen und die Stufen selber und das Podest übersprungen, eher überflogen und bin an der Haustür gelandet, heil über die Türschwelle gekommen und die S-Kurve zur Küche mit Bravour gemeistert und dann zum superleckerem Schmacko. Oahh! Da war keiner. Überhaupt kein Schmacko war da. Das hat mich umgehauen.

Ich also im selben Höllentempo wie auf dem Hinweg wieder zurück zur Haustür, knapp die freundliche Frau umkurvt, raus auf's Podest. Und? Da steht der Mann mit dem dicken Bauch - starr vor Schreck steht der da! Meine Güte, was nun? Kein Plan. Ich also rechten Haken geschlagen und ab ums Haus gerannt. Ich war ja los. Los! War zwar kein Schmacko da, aber ich konnte mal so richtig rennen. Das ist so prima hier. Man kann so richtig ums Haus rum rennen, kein wirkliches Hindernis, einige kleine Büsche, kommt man aber auch mit Höchsttempo gut rum. Ich also rum ums Haus. Nochmal rum. Der Mann mit dem dicken Bauch und dem Schreck im Gesicht steht noch immer starr da und ruft. Ziemlich ruhig ruft der, wollte mich wohl nicht aufregen. Egal. Da war ich schon vorbei. Halbe Runde, ist man an der Terrasse. Steht da die freundliche Frau. Ganz erschrocken, ruft die auch! Auch egal, war ich auch schon dran vorbei. Noch 'ne halbe Runde, vorn noch immer der Mann. Super. Also nochmal rum. An der Terrasse war die freundliche Frau jetzt weg. Stand jetzt vorn an der Haustür und winkte. Dafür war der Mann mit dem dicken Bauch weg. Nächste Runde — volles Tempo. Komme ich vorn wieder an, sehe ich die erschrockene freundliche Frau, wieder winkend. Halt! Die winkte ja mit einem Schmacko. Boah. Vollbremsung. Sprung über alle Stufen, rauf auf's Podest. Die freundliche Frau wich zurück bis über die Türschwelle. Ich schnell hinterher und rein ins Haus. Zeitgleich mit meinem Happs in den Schmacko fällt die Haustür zu. War der Mann mit dem dicken Bauch. Hatte hinter der Tür gestanden. Ein ganz einfacher Trick. Kannte ich noch nicht. Macht nichts, hatte Spaß gemacht. So frei rennen. Ganz frei. Mehr will ich ja gar nicht. Super. Und das beste war, es gab keinen Ärger. Ich hatte ja eigentlich auch nichts gemacht.

Und die beiden aus Jostedt, die hatten sich ja schon sonst was ausgemalt, waren froh und erleichtert. Dann hab ich noch gehört, wie beide sagten, das erzählen wir aber niemanden. Nicht mal ansatzweise. Nein. Aber ich habe mich ganz toll gefühlt. Und wenn mich jemand fragt, wie ich mich in Jostedt fühle, so sage ich, wie ein Fisch im Wasser. Oder vielmehr, sagt den Leuten, dass, wenn im Meer ein Fisch einen anderen nach seinem Befinden fragt, so antwortet dieser: „Ich fühle mich wie Pebbles in Jostedt."

War alles lustig. Und warum das nun zweimal lustig war, wie ich anfangs sagte, erzähle ich dann eben später mal. Jetzt muss ich erstmal wieder eine Runde schlafen. Ich werd vom Erzählen immer so müde.

19

Draußen

sieht es jetzt ganz anders aus. Alles gelb und braun. Ich glaube, das war schon einmal so. Da war ich noch ganz klein und in einem anderen Land. Ich weiß nicht mehr, aber ich glaube, dann wurde es schnell kalt. Ich glaub, hier ist das auch so. Das mit dem Kalt werden meine ich. Jedenfalls haben Carolin und Yves, also fast meine Mama und mein Papa oder, wie ich sie immer nenne, meine Chefin und ihr Vize, die haben mich groß an-geguckt, dann haben die etwas besprochen, ich hab leider nicht richtig mitbekommen, was. War ja zur Mittagsschlafzeit. Irgendwie ging es wohl um mich, dass ich zu dünn bin und es draußen kälter wird. Ich hatte nur gehört, ich bekomme einen Mantel. Echt? Einen Mantel? Hoppala oder so heißt der. Ob das stimmt? Hach, da wird mir gleich wärmer! Dann kam ein Paket. Ziemlich blöd hab ich wohl geguckt, als ich verstand, dass das in dem Paket der Mantel für mich war.

Also, was soll ich sagen? Uppsala. Ach, Uppsala heißt die Pelle! Nee, bitte nicht so was! Wohl doch eher Hoppala! In natooliv? Ja geht's denn noch? Wie sieht das denn aus? Da soll ich rein? Nee, beileibe nicht. Und wozu die Tasche am Oberschenkel? Für mich? Da müsst Ihr mir erstmal die Beine brechen, damit ich da ankomme. Was für ein blödes Stück! Und für eine Kapuze oder zumindest was für die Ohren reicht es auch nicht. Nicht dran gedacht, oder? Klar, konnte ich mir ja denken. Aber dafür dann auch noch dieses Gezause am Hals. Mit dem Ding komme ich nicht mal heil über die erste Straße - die Leute rufen doch gleich wegen Tierquälerei beim nächsten Tierschutzverein an. Habt Ihr mal überlegt, wie ich damit aussehe? Völlig daneben das Ding. Peinlich, ich, das Gespött der Amalienstraße! Lasst mal gut sein. Gebt mir ausreichend zu essen, dann hab ich bald ein wenig Speck auf den Rippen und komme gut durch den Winter – ganz sicher auch ohne so einen Mantel. Ich frage mal in Jostedt nach. Die finden bestimmt was Schönes, was auch zu meiner Figur und meinem Outfit passt. Mal ehrlich, sieht doch wirklich blöd aus der Lappen. Na ja, nun ist dieses Ding ja mal da. Schön ist wirklich was anderes, was ganz anderes.

Aber ich finde, eigentlich nichts kann mich entstellen. Ich hab den Uppsala-Mantel sogar schon angezogen. Bin auch schon draußen gewesen damit. Hat keiner angeguckt. Hmmh, hab ich gedacht, ok. Sieht zwar ziemlich blöd aus. Die Tasche ist auch sinnlos. Aber, und das muss ich zugeben, der wärmt. Ziemlich sogar. So ist es also doch einigermaßen ok. Tja, ich sag mir, man kann nicht alles haben. Schön *und* gut geht nicht, also dann *entweder oder*.

Nächstes Mal aber werde ich mitentscheiden und nicht Mittagsschlaf halten.

Sicher. Ganz sicher.

20

Ach Gott,

heute hab ich nicht gelacht. Nein, gar nicht. Zuerst habe ich nur geguckt. Zum Lachen war mir heute nicht. Nein, absolut nicht. Nach allem war mir, nur nicht nach Lachen. Aber der Reihe nach. Meine Chefin und ich, wir waren heute beide im Büro. Ich saß noch gar nicht lange am PC vor der Tastatur und sah gerade durch, was meine Chefin, die Frau Etat-Direktorin, so verzapft hatte. Ich bin ja immer schwer beschäftigt mit den Korrekturen und Anmerkungen hinsichtlich ihrer Aufgaben und deren Ergebnissen. Ich muss dann öfters um Verzeihung bitten, wenn es dadurch zu Verzögerungen kommt.

Ja, und während ich da also alles checke, macht die Chefin von mir ein Foto vor der Tastatur. Und, man glaubt es nicht, schickt sie das Foto auch noch in der Gegend herum. Und, als wäre es nicht genug, schreibt sie noch einen schlauen Satz dazu – seitdem sie weiß, dass ich meine Erlebnisse manchmal aufschreibe, nennt sie mich *der Autor*. Allein *DER* Autor ist schon voll daneben. Also, sie schreibt einen schlauen Satz als Bildunterschrift und schickt das Foto in die ganze Welt.: „Endlich hat sie sich mal während ihrer Tätigkeit als Autor ablichten lassen... „

Ich habe die Mail auch bekommen. Ich war zutiefst enttäuscht. So eine Unverfrorenheit.

Ich hab ihr dann gesagt, dass ich glaube, sie hätte nicht verstanden, was mich so tief enttäuscht. Könnte das sein? Wenn ja, hoffe ich, dass ich nicht vielmals versuchen muss, um zu sagen, dass ich *kein Autor*, sondern *eine Autorin* bin, bis es bei ihr endlich ankäme. Das ist für mich sehr wichtig. Und dann hab ich ihr noch gesagt: „Nicht alles ist, weil Du es toll findest, gleich männlich deshalb. Und dann, und dann, das ist das Wichtigste: ich bin auch nicht *"mit"* im Büro, wir sind *beide* im Büro! Per Foto mehrmals belegt haue ich in die Tasten, von Dir ist weit und breit nichts zu sehen. Vielleicht solltest Du ein Bild von der Büro-Kaffeemaschine in die Welt schicken, dann kommst Du ganz von selbst auch gleich mit ins Bild! Dann passt es."

Da hat sie gesagt, das Foto von mir sei nicht schlimm, das ginge schon, so viel Freiheit herrsche hier schon. Ach, habe ich da gesagt: „Zu sagen "Hier herrscht Freiheit" ist immer ein Irrtum oder auch eine Lüge: Freiheit herrscht nicht."

Ein toller Satz! Ja, und da hat sie dann auch nichts mehr gesagt. Wie auch?

Einen schönen Abend noch.

Pebbles

21

Nee, so nicht!

Ihr sagt ja alle immer, ich sei nicht Herr meiner Einfälle. Das fand ich schon immer unerhört von Euch. Auch, dass Ihr das immer wieder sagt, meine ich. Eigentlich ist das nämlich ganz anders. Das fällt Euch nur nicht auf, weil Ihr immer nur guckt, ob mir wieder was Blödes passiert. Da habt Ihr dann Spaß. Klar, weiß ich doch. Und merke ich auch. Und wenn es mal ganz anders ist, sagt Ihr: „Oh, guck mal, was Pebbles gemacht hat!" Und dann noch nach einer kleinen Pause hinterher: „Das hätte ich jetzt nicht gedacht!" Eben! Das hättet Ihr nicht gedacht. Das enttäuscht mich. Sehr. Ach, wisst Ihr's nicht mehr? Nee, na dann denkt doch mal nach!

Wie war das denn, als Pippa im Garten mit dem Ball mit dem Gesicht drauf rumgejagt ist? Ja, was war denn da? Ja, genau, gehumpelt hat die auf einmal. Ganz doll hat die gehumpelt. Konnte das Bein vorn gar nicht mehr aufsetzen. So doll tat ihr das weh! Und dann hat sie dazu auch noch leise geweint. Ich hab's zuerst bemerkt. Bin ich schnell hingelaufen. Dann habt Ihr das auch gesehen! Und was habt Ihr gemacht? Statt zu helfen habt Ihr gefragt, „Ja, was hast Du denn? Tut dir was weh?" Ihr hattet noch nicht einmal zu Ende gefragt, da war ich schon bei Pippa. Ja, ich. Genau, ich! Ich bin gleich hingerannt, ich hab nicht erst gefragt, ich hab gleich gehandelt! Und da stand sie dann. Mitten auf dem Rasen. Und hielt das Bein in die Luft. Da hab ich sofort geholfen. Fuß und Bein hab ich abgeleckt. Ganz vorsichtig und mit viel Sorgfalt. Nochmal geleckt, und nochmal und nochmal. Ja, und dann wurde der Schmerz auch weniger.

Als der Mann mit dem dicken Bauch endlich angejapst kam, war der Schmerz schon weg. Das Bein stand wieder. Der Mann mit dem dicken Bauch hat dann das Bein nochmal angehoben und hin und her gebogen. Dann fragt er, „Na Pippa, tut's noch weh? Wieder alles gut?" Als wenn der den Schmerz weggemacht hätte! Was glaubt der eigentlich? Na ja, der kriegt auch nicht mehr viel mit. Ist ja auch nicht mehr der Jüngste. Ich war's! Ich hab gehandelt! Ich hab geholfen. Sofort.

Aber die freundliche Frau und der Mann mit dem dicken Bauch haben dann die Lage doch noch richtig erkannt. Sie fanden es ganz toll, was ich gemacht habe. Uiih, ich hab gedacht, die fangen hier gleich an zu singen, so toll fanden sie das, dass ich Pippa geholfen hab. Der Mann mit dem dicken Bauch hat dann zu der freundlichen Frau noch gesagt, dass ich jetzt einen Stein im Brett habe. Keine Ahnung, was der damit meint. Ist auch egal, gab für mich 2 Schmackos zur Belohnung. Pippa hat auch einen bekommen. Die haben wir dann ganz in Ruhe gegessen, na, ich nicht so sehr in Ruhe wie Pippa. Pippas Krümel durfte ich dann auch noch essen.

22

Guten Morgen,

Pebbles wünscht allseits einen schönen Sonntag. Heute ist Kirchgang angesagt, hat die Chefin gemeint, würde der Mann mit dem dicken Bauch heute sagen. Da hab ich gedacht, wir gehen gleich irgendwo hin. War falsch, sind zuhause in der Amalienstraße geblieben. Hat die Chefin wohl einen Scherz gemacht. Ha, ha - hab ich gedacht - saulustig. Na ja, auch egal, ich gehe jetzt nirgends hin, denn am Nachmittag wollen wir ja wirklich Pippa und den Mann mit dem dicken Bauch und die freundliche Frau in Jostedt besuchen. Und wenn ich Pippa besuche, dann gehe ich doch nicht vorher noch woanders hin. Muss ich ja mal - aber ganz leise - sagen, das Beste an den Besuchen in Jostedt bei Pippa ist die Leberwurst, die mir der Mann mit dem dicken Bauch immer sofort, wenn wir soeben gerade im Haus drin sind, in der Küche aus dem Kühlschrank gibt. Nichts schmeckt besser als diese Leberwurst - findet Pippa auch. Na, es gibt dann noch ein Stück Leberwurst danach. Unseren bittenden Blicken kann der Mann mit dem dicken Bauch nämlich nicht standhalten. „Auf einem Bein kannst' ja nicht stehen", sagt er dann immer dazu. „Jetzt ist aber auch Schluss mit Wurst für heute", hinterher noch. Dann grinst er ganz breit, und sagt, „Deine Chefin und Ihr Vize haben das nicht so gern." Ich weiß genau, was der mit dem Grinsen ausdrücken will, hähä. Na ja, gibt es dann noch einen

Schmacko für uns beide als Nachtisch. Und dann fängt der Besuchstag eigentlich erst an. Meiner Freude wieder in Jostedt zu sein, bin ich jetzt auch Herr geworden. Man, was hab ich mich wieder verausgabt bei der Ankunft. Gespringe, Gejohle, Gehüpfe, Gerenne, Gebelle, Geschreie – alles mehr als man glauben möchte. Jetzt muss ich mich erstmal ein wenig erholen.

Die Chefin, ihr Vize, der Mann mit dem dicken Bauch und die freundliche Frau reden jetzt von irgendwelchen Sachen, hab ich nie was von gehört. Ist ja heute der drittletzte Sonntag des Kirchenjahres, höre ich. Aha. Kommen nur noch Volkstrauertag und Totensonntag. Aha. Und dann, ja und dann, neues Kirchenjahr, heißa, sei schon 1. Advent. Keine Ahnung was das ist. Aber bis dahin, nee, bis dahin sei alles so trübe und dumpf, hat die Chefin noch gemeint! Aber Advent muss ganz gut sein. Jedenfalls gibt es dann wohl Kekse, Grünkohl und Kassler mit Nikolaus oder so ähnlich zu essen. Hauptsache, Marzipan ist noch dabei, hat der Mann mit dem dicken Bauch noch angehängt. Aber so ganz richtig habe ich das nicht verstanden, glaube ich. Jedenfalls, da bin ich sicher, er hat gesagt, kommt das dann jeden Sonntag. Und wenn das nicht mehr kommt, hat er gesagt, steht dann ja auch der Baum da. Merkwürdig, habe ich gedacht. Was für ein Baum? Was das wohl wird. Aber scheine ich wohl doch so richtig verstanden zu haben, jedenfalls hat die freundliche Frau dazu genickt. Und gesagt, Mein Gott, sie wisse noch gar nicht wie das alles dieses Jahr wieder werden soll. Und vor allem mit uns 3 Hunden.

Drei Hunde? Also auch mit meiner Cousine Luna. Super – von der muss ich noch 'mal irgendwann was erzählen. Da hat der Mann mit dem dicken Bauch gegrinst und gesagt, die freundliche Frau solle sich das einmal mit uns Hunden als Enkelkinder vorstellen.

„Ja, und?", fragt sie. Da sagt er, er findet es wunderbar, dass unsere Enkelkinder die schönsten Haare von allen Enkelkindern haben. Da hab ich gedacht, hoffentlich bleibt das auch so. Gesagt habe ich das aber nicht.

Ich war völlig fertig von der ganzen Aufregung mit dem Besuch in Jostedt. In der Küche habe ich erstmal eine halbe Stunde geschlafen. Ungestört.

23

Sie haben es wieder getan.

Schon wieder sind die Chefin und der Vize ohne mich weggefahren. Sie haben es wieder getan. Wie lange? Für immer? Wohin? Warum immer ohne mich?

Weiß ich nicht – steckst halt nicht drin in den Beiden. Bald denke ich, ich will es gar nicht mehr wissen. Warum holen die einen kleinen Hund wie mich zu sich nach Hause? Warum, wenn sie ihn woanders hin-schieben, weil sie etwas besseres vorhaben? Ich habe mir die beiden doch nicht ausgesucht. Die haben mich geholt. Konnte ich nichts dagegen machen – gar nichts. Allerdings muss ich dazu sagen, ich hätte sie auch genommen, wenn *ich* hätte wählen können.

Aber der Reihe nach. Der Tag fing an an wie immer. Eigentlich. Dachte ich. Nach dem Frühstück erzählte die Chefin, wir fahren heute alle zu Pippa nach Jostedt. Was habe ich mich gefreut, wieder nach Jostedt. In den schönen Garten und die große Wohnung mit Ober- und Untergeschoss. Zu Pippa, der freundlichen Frau und dem Mann mit dem dicken Bauch. Das ist toll, ganz toll. War nur komisch, dass der Vize meine Decke und meine Leinen einpackte. Und viele Dosen von meinem So-gesund-für-junge-Hunde-Essen. Ja, von diesem Essensquatsch kaufen die immer ganze Kisten. Gesund, gesund – höre ich dann. Dabei hätte ich viel lieber 'mal eine frische tote Ratte oder auch ein Eichhörnchen. Den Schwanz können die beiden ja vorher abmachen, den isst sowieso niemand. Das wäre mal so ein richtiger Festtagsschmaus. Ja, das hätte ich wirklich gern. Mal sehen, wünsche ich mir vielleicht mal zum Geburtstag. So gleich morgens auf dem Geschenketisch.

So ist gut jetzt, nicht träumen. Wie gesagt, als meine Reisesachen eingepackt waren, ging's mit dem Auto nach Jostedt. Mir war klar, dass ich allein da bleiben werde. Als wir dort ankamen und ich die Drei begrüßt hatte, ging es mir schon wieder besser. Die Chefin und ihr Vize haben sich dann auch schnell von mir verabschiedet. Zeit hatten sie für mich nun gar nicht mehr. „Müssen zum Flughafen", sagten die beiden. Schon das Wort *müssen* fand ich völlig daneben. Und ich meinte noch zum Abschied: „Da, wo Ihr nicht seid, kann ich nicht sein." Hat keinen interessiert. Nur der Mann mit dem dicken Bauch hat mich verstanden. Hat zwar nichts gesagt, aber mir mit seinem Blick zugestimmt. Als die beiden vom Hof waren, haben wir vier, also Pippa und ich, die freundliche Frau und der Mann mit dem dicken Bauch uns erstmal ganz in Ruhe ins Wohnzimmer gesetzt. Wir beide haben genüsslich so einen oder zwei Schmackos jeder verzehrt, die beiden anderen tranken erstmal einen Kaffee. 3 Tage in Zürich wollen die Chefin und ihr Vize bleiben, hab ich dann gehört. Na gut, habe ich gedacht, also 3 Tage Jostedt mit Pippa. Da kann man was draus machen.

Schön finde ich dort ja auch die Spaziergänge. Die schmale Straße hinauf. Da trifft man dann auch viele Kollegen. Kleine und große, freundliche und unfreundliche. Weiße und schwarze, na halt so alles an Hunden, was man sich vorstellen kann. Ich seh denen immer ganz gelassen entgegen. Angst vor irgendwelchen anderen Hunden brauche ich nicht zu haben. Pippa ist ja dabei. Die kennt meist alle. Und die, die sie nicht kennt, denen sagt sie ganz ruhig, wo es lang geht. Wen sie doof findet, den beachtet sie überhaupt nicht. Sagt dem höchstens dann mit ein, zwei knappen Worten, wie es zu laufen hat. Dann ist immer gut.

Am besten ist es immer, wen wir einen von unseren befreundeten Bekannten treffen. Ja, davon gibt es mehrere. Narek – so groß wie Pippa, auch aus Rumänien, Herbert – keine Ahnung, so braun/schwarz/grau und auch deutlich größer als ich , Buddy – der vom Nachbarhaus - auch erst 1 Jahr alt. Manchmal kommt noch so ein Jack-Russell-Terrier dazu, ziemlich nett der Kleine und vor allem kein so ekliger Wadenbeisser. Motzt auch nicht permanent rum. Wären wir alle zusammen unterwegs, könnte das eine tolle Hundegang werden. Zumindest die Chefin würde das so nennen – Hundegang.

Und überhaupt diese schmale Straße. Links ein Knick, rechts ein Knick. Kann ich oben raufgehen und über die Felder gucken. Da hab ich schon manch komischen Typen gesehen. Mit weißen Hintern, mit Riesenohren, mit nur zwei Beinen in Braun und auch mit nur zwei Beinen in Bunt mit Schwarz, Rot und Grün. Und auch welche mit Stöckern auf dem Kopf. Und dann noch solche Braun-Grauen mit kleinen Köpfen und langen

Hälsen, so zerzausten Haaren, dicken Hintern und Beinen so lang und dünn wie Strohhalme. Auch die Schwarz-Weißen mit zwei roten Beinen und einem langem roten Schnabel. Die find ich besonders gut, die laufen auch nicht wie die anderen, die stolzieren immer ganz ruhig umher. Und wie die alle rochen – Wahnsinn. Na ja, überhaupt die ganzen Gerüche hier. Aufregend, wahnsinnig aufregend diese Spaziergänge hier.

Nur schade, dass ich immer angeleint bin. Aber ist wohl auch besser so. Ganz ehrlich bin ich da, ich bin ja wirklich nicht immer Herr meiner Ideen. Und wenn wir dann wieder zuhause sind, bin ich immer ganz müde. Ich bin ja sowieso oft ganz müde. Dann suche ich mir einen ruhigen Platz und schlaf eine Runde.

Meist finde ich so einen Platz in der Küche. Da sind zwar die Fliesen hart und kalt, aber ich versäume garantiert nichts. Keiner isst was, ohne dass ich es bemerke. Und das ist mir sehr wichtig. Sehr Wichtig!

24

Ich bin noch in Jostedt.

Den dritten Tag bin ich nun in Jostedt bei Pippa, der freundlichen Frau und dem Mann mit dem dicken Bauch. Wenn ich gestern die freundliche Frau richtig verstanden habe, werde ich heute abgeholt. Dann war das also die letzte Nacht hier. Vielleicht hab ich deshalb etwas unruhig geschlafen. Zuhause mache ich so gegen 6 morgens eine kurze Revierinspektion. Kurz mal gucken und ich leg mich wieder hin.

Hab ich hier heute morgen auch so gemacht. Dabei habe ich versehentlich wohl Pippa geweckt und in ihrer Nachtruhe empfindlich gestört. Jedenfalls hat die mächtig gegrummelt und so ihren Ärger ausgedrückt. Davon wiederum ist der Mann mit dem dicken Bauch aufgewacht. Und der hat mich angezischt, was der Unsinn denn solle. Es sei Nacht und ich solle gefälligst schlafen. Na, ich hab mich ganz schnell wieder hingelegt und gehofft, dass die freundliche Frau nicht auch noch aufwacht. Ist sie nicht – hat weiter geschlafen. Meine Güte, ahne ich doch nicht, was hier los ist, wenn einer nachts mal kurz aufwacht und sich ganz kurz mal die Füße vertritt. Na, Glück gehabt, alles noch einmal gut gegangen. Kein großer Ärger.

Aber ich habe es dann doch noch hingekriegt. Den Ärger, meine ich. Das muss ich erzählen, ist aber ein wenig kompliziert. Dazu muss man wissen, ich bin ja nun kein so großer Hund (o.k., das weiß man schon, ist aber wichtig zu bedenken in diesem Zusammenhang) und das Schlafzimmer ist im Obergeschoss und hat eine schräge Wand. Vor dieser Wand steht das Bett von der freundlichen Frau und dem Mann mit dem dicken Bauch. Das ist so ein amerikanisches Springbett mit einer hohen Rückwand. Wegen dieser Rückwand steht das Bett mit einem gewissen Abstand vor der schrägen Wand. Schon seit die Drei hier wohnen, also schon lange. Klar? Gut. Also groß ist der Abstand zwischen Rückwand und Bett nicht, wirklich nicht. Ist so eine Art sehr kleiner Tunnel. Passt Pippa nicht durch. Ist sie viel, viel zu groß dazu. Na ja, wie soll ich sagen? Für mich reicht's so gerade eben und eben mit ein wenig Durchzwängen vielleicht. Nun bin ja nicht soo oft in Jostedt, und schon gar nicht im Schlafzimmer. Mit anderen Worten, da geht eigentlich nie einer durch - durch diesen Tunnel.

Überhaupt hat da keiner was verloren. Guckt auch keiner durch oder sonstwas. Da ist sonst nie einer. Nur ich. Na gut, hab ich gedacht, guck ich mal, den Weg kenne ich noch gar nicht. Ob da in dem Tunnel wohl alles in Ordnung ist? Am besten ich prüf das mal. Ich also da rein. Booaah. War viel enger als ich gedacht hab. Schon sind die Barthaare vorn an meiner Schnauze komplett verbogen. Das ist ein Alarmzeichen – wo die Barthaare nicht durchpassen, passe ich auch nicht durch. Aber, wenn schon Fehler, dann richtig Fehler. Und weiter. Und dann war ich durch. Der freundlichen Frau bin gleich fast in die Arme gelaufen. Die hat nur fassungslos gestaunt und entsetzt „PEBBLES!" gerufen. Ja, und dann habe ich es bemerkt. Alles was sich an Staub und so in diesem Tunnel angesammelt hatte, habe ich auf dem Weg da durch mitgenommen. Dummerweise hatte ich den unwiderstehlichen Drang, mich kräftig schütteln zu müssen. Na, das hat geholfen. Das Meiste hat sich aus meinem Fell wieder gelöst. Um den im Raum und Bett nun gut verteilten Rest hat sich dann die freundliche Frau gekümmert. Sehr intensiv. Die hat nur gesagt, sie hatte den Tag eigentlich anders geplant. War ich wieder nicht Herr meiner Ideen gewesen. Dem Mann mit dem dicken Bauch hat sie das wohl erst abends erzählt. Aber da war ich schon zuhause.

Denn nachmittags waren die Chefin und der Vize gekommen, um mich abzuholen. Die blieben nur kurz. Die waren völlig fertig von ihrer Kurzreise. War wohl etwas viel Wein und Sekt oder so gewesen in den drei Tagen. Meine Güte, hab ich gedacht. Ich hatte mich zwar mächtig gefreut, als die Beiden gekommen sind. Wie üblich.

Aber als wir dann gleich los wollten, da hab ich gedacht, so schnell wollte ich nun doch noch nicht nach Hause. Ich wollte noch bleiben. Ich hab dann alles versucht. Als der Vize mich anleinen wollte, bin ich schnell nach oben gerannt. Dann haben die mich geholt. Da bin ich dann schnell nach unten gerannt. Haben die mich auch geholt. Hat nichts genützt. Nein, der Besuch war unwiderruflich zu Ende.

Schade, abends habe ich dann den wirklichen Grund für den eiligen Aufbruch aus Jostedt erfahren. Müde waren die beiden gar nicht, nein, die hatten sich für abends noch Besuch eingeladen. Unmöglich fand ich das. Voll und ganz die Egoisten. Denken immer an sich zuerst. Na, so möcht ich nicht sein.

25

Geburtstagsfeier ist heute.

Der Vize feiert Geburtstag. Boah, wusste ja gar nicht, wie alt der schon ist. Ich dachte immer so wie die Chefin, vielleicht ein Jahr älter. Nee, der ist viel älter. Fünf Jahre. Hätte ich nicht gedacht. Nicht, dass der so jung aussieht, nee, das nicht. Ich hatte eigentlich der Chefin nur nicht einen so alten Mann zugetraut. Egal, ist nun so wie es ist. Mir ist das ja gleich. Ja, und nun feiern wir heute Geburtstag. Wegen uns Hunden, mir, meiner Cousine Luna und natürlich Pippa feiern wir in Jostedt. Da ist eben mehr Platz und man kann auch mal in den Garten gehen und eine Runde laufen. Was der Vize geschenkt bekommt, weiß ich nicht genau. Nur eins weiß ich, die freundliche Frau und der Mann mit dem dicken Bauch und Pippa schenken dem Vize einen Heimwerker-Werkzeugkasten. So mit Hammer, Zange und dem ganzen Kram dazu. Meine Güte, hab ich gedacht, Werkzeug für den Vize. Der versteht doch wirklich nicht soviel davon. Der nun bestimmt nicht. Na ja, nun muss er keinen Freund mehr holen, wenn ein Bild aufgehängt werden soll. Er macht es nun selber. Nein, gar nicht lustig. Da mache ich mir schon Sorgen, so wegen Unfall und so, wenn der sich selbst auf die Finger schlägt. Ich hab dann auch noch ein Geschenk ausgesucht und dazu gepackt. Eine Packung Pflaster habe ich besorgt. Vorsorge ist ja nie schlecht, immer wichtig. Man weiß ja nie, wie der zuhaut – mit dem

Hammer. Hat sich mächtig gefreut, der Vize. Ja, und dann haben die alle erst einmal kräftig angestoßen auf das neue Lebensjahr und so. Wir drei haben einen Schmacko bekommen. Und die Chefin hat eingeschenkt. Erst Champagner, dann Wein. Und dann nochmal Wein. Mit Wein kennt sie sich aus. Sie ist ja Weinexperte und Genussmensch in einem. Ja, und dann hat sie noch einmal eingeschenkt. So es wie in dem Lied Griechischer Wein heißt, „Komm schenk *Dir* ein“. Nein, so ähnlich, bei der Chefin heißt es immer, „Komm, schenk *mir* ein.“ War eine schöne Feier. Soviele Schmackos und Leberwurst. Also, Geburtstag ist toll. Noch 'n Schmacko? Noch 'ne Wurst? Dann höre ich zwei Leute, die sagen, ich soll nicht zuviel zu essen bekommen. Die Chefin und Ihr Vize. Wer ist das denn? Kenne doch nicht jeden, den man mal so sieht.

Na ja, andererseits, so falsch ist das nicht. Man muss auch mal den Hals voll haben. Mir ging es saugut. Bin im Auto auf dem Nachhauseweg gleich tief eingeschlafen. War ein Supertag.

26

Es riecht.

Es riecht hier ganz fürchterlich. Seit gestern schon. Aber nicht so doll wie jetzt.

Es ist 1. Advent, sagt die Chefin. Und Sonntag.

Aha, denke ich. Na, dann – aber warum muss es denn so riechen?

Als ich heute morgen aufgewacht bin, war noch nichts. Alles ruhig, die Chefin und der Vize schliefen noch. Na ja, ich wach ja auch schon immer ganz früh auf. Meist so gegen 6. Dann vertret ich mir kurz die Beine, mach eine kurze Revierinspektion und leg mich wieder hin. Die Chefin und der Vize merken das gar nicht. Die schlafen durch. Ist alles ok, dann lege ich mich auch wieder hin und steh erst richtig zum Frühstück auf. Jedenfalls an den Wochenenden ist das so. In der Woche macht der Vize schon immer früher hier totalen Wirbel, mache ich dann keine Revierinspektion. Find ich auch keinerlei Ruhe mehr. Die Chefin nervt dann auch schon früh, aber nicht ganz so wild. Wie das wann und warum in der Woche so geht, kann ich nicht genau sagen. Heute so und morgen wieder anders. Mal fährt der Vize mit seinem neuen Auto zur Arbeit. Und nächsten Tag wieder nicht, weiß ich nie vorher. Home Office heißt das wohl. Na ja, bei der Chefin ist das auch mal so und dann wieder nicht. Aber da fahr dann ich immer mit ins Büro. Hab ich ja schon erzählt. Das Doofe ist nur, sie fährt immer mit der U-Bahn. Wusste zuerst gar nicht, was das ist. Na ja, hab ich schnell kapiert, das Ding fährt immer im Keller, kann keiner rausgucken. Aber egal, ich könnte auch nicht rausgucken, wenn die nicht im Keller fahren würde. Die Fenster sind zu weit oben. Beim ersten Mal mit der U-Bahn war das sehr unheimlich, erst in den Keller runter, dann steht man da wartet und plötzlich kommt da diese U-Bahn. Und dann geht die Fahrt los. Nichts Dolles, nur ziemlich laut und zu viele Leute hier. Die Chefin hatte mir das kurz zuvor erklärt, wie das geht. Damit ich mich nicht unnötig erschrecke, hat sie gemeint. Na gut, froh war ich, als die Chefin sagte, dass wir jetzt gleich aussteigen und die U-Bahn fährt dann allein weiter. Ah, was ich hab mich gefreut, aus diesem Ding wieder rauszukommen. Wir sind also sehr rechtzeitig schon zur Tür, damit wir als erste aussteigen können, hat sie gemeint. Wir hatten dann auch eine ganze Zeit bereits an der Tür gestanden, als die U-Bahn endlich anhielt. Die U-Bahn stand, ich stand auch, aber wie immer, wenn ich aufgeregt bin, wieder auf 2 Beinen und winkte - auch wie immer - mit den Vorderbeinen in der Luft rum. In die Leine gehängt halte ich das Gleichgewicht, hab ich ja auch schon erzählt. Ja, und dann gingen die Türen auf und dann ist mir was ganz Dummes passiert. Ich wusste das ja nicht, dass man als kleiner Hund nicht in kleinen Schritten auf 2 Beinen laufend aus der U-Bahn aussteigen sollte. Von der Lücke zwischen U-Bahn und Fußweg - oder Bahnsteig, wie das wohl heißt - wusste ich nichts. Woher auch, war ja meine erste Fahrt. Na klar, ganz genau, bin ich da doch glatt in diese Lücke gerutscht. Die Chefin hatte die Leine vorher noch ganz kurz genommen, so ich konnte nicht ganz hinein in diese Lücke. Nur bis zu den Knien. Alles noch einmal gut gegangen. Die Chefin hat sich fürchterlich erschrocken. Ich find es jetzt nicht sooo erwähnenswert, aber bitte, jeder setzt halt andere Masstäbe.

Allerdings, seit dem Tag benutze ich in der U-Bahn immer alle 4 meiner Beine. Bin ja aufgeschlossen für wichtige Dinge im Leben.

Aber, ich war ja eigentlich ganz woanders. Mir fiel das mit der U-Bahn gerade ein, hatte ich ja noch nicht erzählt. Also, wie gesagt, es riecht hier. Sehr.

Und um mich herum brennen Kerzen. Hier eine Kerze, da eine Kerze, und dann noch eine Kerze. Und auf dem Tisch auf einem Teller auch Kerzen. Mit grünen Zweigen und noch allerlei unnützem Zeug drum herum. Aber da auf dem Teller brennt nur eine Kerze, die anderen drei brennen nicht. Na ja, denke ich, eine, die brennt, reicht ja. Und die Chefin hat gestrahlt und gestrahlt und mehrmals gesagt, wie schön das alles ist so am 1. Advent. Hmmh. Ich hab lieber nichts gesagt. Eine Kerze mag ja noch ganz schön sein, aber so viele? Und dann auch noch mit Duft. Duft? Nee. Na ja, hab ich gedacht, man kann es auch übertreiben. Wie das wohl weitergeht mit diesem Kerzenzeugs? Will ich lieber jetzt gar nicht wissen. Als die Chefin mich noch immer so anstrahlt, meint sie dazu in heller Begeisterung, von den anderen 3 Kerzen auf dem Teller mit den grünen Zweigen und dem unnützen, nicht essbarem Zeugs zündet sie nun jeden Sonntag immer eine weitere Kerze an. Bis alle 4 brennen, dann ist Weihnachten. Weihnachten? Kenn ich nicht. Na, mal sehen. Vielleicht ja gar nicht so schlecht. Mit den vielen Kerzen.

Komm lass uns mal rausgehen, ich muss mal.

Da kommt die Chefin mit meinem neuen natooliven Wintermantel Typ Uppsala. Muss ich anziehen, ist kalt draußen, sagt sie. Sie meint es nur gut. Ich kann diese häßliche Pelle nicht leiden und noch weniger mag ich sie tragen. Aber, sag ich mir immer, nichts kann mich entstellen, also lasse ich mir das Ding aufzwingen.

So. Damit ist der Tag ist gelaufen, bevor er richtig begonnen hat. Wenn wir zurück kommen, geh ich schlafen. Wird sowieso nicht hell draußen.

27

Nun weiß ich,

wie das so weitergeht mit Advent und den ganzen Kerzen in der Amalienstraße. „Bald ist Weihnachten", sagt die Chefin nun jeden Tag, meist sogar mehrmals täglich. Und dazu ist sie jeden Tag aufgeregter. Meine Güte, krieg' dich mal ein, denke ich dann immer. Sag ich natürlich nicht. „Weihnachten, Pebbles. Weihnachten. Da kannst Du Dich schon heute drauf freuen. Am 24. Dezember! Das wird schön! Ganz, ganz schön, Pebbles", sagt sie noch dazu. Was sie meint, keine Ahnung. Na, gut, das mit den vielen Kerzen ist ja ohnehin nicht so mein Interessengebiet. Mal sehen, was sie noch so auf Lager hat mit Weihnachten. Der Vize ist ganz entspannt, guckt nur manchmal, wenn sie wieder von Weihnachten anfängt. Sagt aber nicht viel dazu.

Ach ja, beinahe hätte ich es vergessen. Ich habe einen Adventskalender für Hunde bekommen. Neulich wusste ich noch nicht einmal, was Advent ist und nun habe ich sogar einen Kalender dazu. Schon seit mehreren Tagen. So einen dicken Kalender aus Pappe mit Türen zum Öffnen. 24 Türen sind da, hat mir die Chefin gesagt. 24 – warum 24? Vom 1. bis zum 24. Dezember. Jeden Tag öffnen wir jetzt eine Tür. Bis Weihnachten. Und hinter jeder Tür ist ein kleines Leckerli, erzählt sie. Schade denke ich, nur 24 Türen – hätten doch auch mehr sein können. Denn die Leckerli, wie die Chefin die kleinen

Hundekekse nennt, schmecken wirklich gut. Da hab ich dann gleich nach dem Aufstehen jeden Tag schon eine kleine Kleinigkeit zu beißen. Die Chefin hat wohl meinen fragenden Blick wegen der wenigen Türen verstanden und mir dann eine lange Geschichte mit Advent und einem dicken Mann mit einem roten Mantel erzählt.

Ein Kind und dessen Eltern und Weihnachten kamen auch in der Geschichte vor. Und, dass es Weihnachten für Alle Geschenke gibt. Na ja, viel hat sie erzählt dazu. Sehr viel. Das wichtigste, glaub ich, habe ich behalten, das mit den Hundekeksen und das mit den Geschenken zu Weihnachten. Einen Baum hat sie noch erwähnt, ach, ich weiß das nicht mehr. Sie hat sich immer weiter in dieses Weihnachten hineingesteigert, wie toll und schön und gemütlich und was-weiß-ich-das-noch ist. Ja, ja und 3 Tage dauert das. Sie hörte gar nicht mehr auf. Wurde ich dösig von. Der Vize sagte schon lange nichts mehr. Der rollte nur noch mit den Augen. Meine Güte, ist sie bald mal fertig? Plötzlich war Ruhe, Stille. Da bin ich dann aus meinem Dösen wieder wach geworden. Der Vize wohl auch, ganz erschrocken sah der aus. Aber noch zu dem Kalender, das wollte ich erzählen. Außen auf dem Kalender sind so Märchenbilder drauf. Na, ja – ganz hübsch. Wer's mag. Ein Mann mit einem großen Bart und einem roten Mantel. Hab erst gedacht, das ist der Mann mit dem dicken Bauch von Pippa aus Jostedt. Ist er aber gar nicht, sieht zwar so ähnlich aus, der von Pippa hat aber keinen roten Mantel. Und außerdem fährt der Mann mit dem roten Mantel mit einem Schlitten. Sind so Pferde mit Hörnern oder so vor, die den Schlitten ziehen. Das passt nicht zu dem Mann mit dem dicken Bauch aus Jostedt. Der fährt immer Auto. Immer. Also, der Mann mit dem roten Mantel, der fährt mit so einem Schlitten. Immer. Und der verteilt die Geschenke. Fliegen kann der Schlitten auch, sagt die Chefin. Ach was, fliegen auch? Hab ich alles nicht so genau verstanden. Ich wollt aber lieber nicht groß nachfragen. Ist auch egal, mir geht es ja um die Kekse und um die Geschenke. Das ist wichtig, das habe ich mir gemerkt. Dann warte ich mal ab, was Weihnachten denn so passiert. Ist ja nicht mehr so lang hin.

28

Neulich war ich beim Tierarzt.

Nein, ich war nicht krank. Irgendwas Dummes hatte ich auch nicht gegessen. Nein, nur so war ich da. Routineuntersuchung nennt man das, hat der Vize gesagt. Genau, sagte die Chefin dazu und dann, dass der Tierarzt noch einmal wegen Würmern gucken sollte. Und auch, dass ich noch gegen Tollwut geipmft werden muss. Keine Ahnung was Tollwut ist. Impfen kenne ich schon. Piekst ein wenig, ist aber nicht schlimm. Aber das mit den Würmern fand ich ganz gut. Ich hatte wohl mal welche. Hab dafür eine Wurmkur gemacht. Hat mir gut gefallen, die Wurmkur. Es gab nämlich dann zweimal am Tag ein schönes großes Stück Leberwurst gegen die Würmer. Zehn Tage lang. Leberwurst ist überhaupt das beste. Ess ich mir auch nicht über.

Dass die Beiden aus der Amalienstraße mich über den Tisch gezogen hatten mit der Leberwurst, habe ich erst später gemerkt. Da hat nämlich der Mann mit dem dicken Bauch gefragt, ob das mit den Wurmtabletten und der Leberwurst geklappt hat. Ich hab nur *Leberwurst* gehört – *Das Wort* löst bei mir Vollalarm aus. Sofort. Ja, und die Chefin hat dann geantwortet, dass das sehr gut geklappt hat mit den in Leberwurst gepackten Tabletten. Aha, hab ich gedacht, die haben mir also was vorgemacht. Von wegen Leberwurst, um die ging es gar nicht. Na ja, habe ich gedacht, lass ich mir nicht anmerken. Die Tabletten habe ich wirklich nicht bemerkt, aber die Wurst ist immer saugut.

Also bei der nächsten Wurmkur spiel ich das Spiel wieder mit. Mal sehen, vielleicht schaffe ich es, die Tablette mit der Zunge aus der Wurst rauszufummeln. Dann fällt die Tablette runter, und die Wurst habe ich schnell gegessen. Muss einer von den beiden die Tablette noch 'mal in die Wurst packen. Das muss doch zu machen sein, zweimal Wurst auf eine Tablette. Ich versuch's. Krieg ich schon hin. Ganz bestimmt.

Na ja, und dann hat der Tierarzt noch gesagt, sonst ist mit der kleinen Dame alles gut. Wird nicht mehr größer und wiegt fast 7 Kilogramm. Und meinte ganz zum Schluss, als ich schon nicht mehr auf diesem Arzttisch saß, er als Tierarzt sehe, dass ich ein typischer Straßenhund bin. Ich hätte einen sehr ausgeprägten und kräftigen Unterkiefer mit richtig großen Zähnen für einen kleinen Hund. Das ist genau das richtige zum Rattenknacken. Ja genau, *Rattenknacken* hat er gesagt.

Haben die anderen alle nicht, auch Pippa nicht – so einen Rattenknackerkiefer. Mal sehen, vielleicht mache ich mal was draus - aus diesem Alleinstellungsmerkmal, wie die Chefin das nennt. Nur - wie finde ich eine Ratte?

29

Guten Morgen, Ihr lieben Leute,

mit einer fantastischen Laune bin ich heute morgen rechtzeitig zum Frühstück aufgewacht und voller Vorfreude auf das, was heute so kommt, aufgestanden. Schnell aus dem Adventkalender den kleinen Keks gegessen. Ja, und dann geschah das Unvorhersehbare. Ich habe aus dem Fenster gesehen. So wie jeden Morgen. Nichts war mehr so, wie es gestern noch war. Alles, wirklich alles anders. Weiß. Alles ganz weiß. Überall, wo ich auch hingeguckt habe, alles weiß. Nur weiß. Als ich so überlege, weil ich so überhaupt nichts mit dem anfangen konnte, was ich da sah, geht die Badezimmertür auf und die Chefin kommt heraus. Mit einem fürchterlichem und ebenso unvorstellbaren Singsang stürzt sie im ganzen Gesicht strahlend auf mich zu. Und ruft in den ihr höchstmöglichen Tönen und einer unglaublich überlauten Stimme: „Peeebbbllleeess – Es hat geschneiheit! Pebbles, geschneit! Pebbles, guck mal aus! Pebbles, wir gehen gleich mal raus! Pebbles, Schneeeee! Schnee, Pebbles! Pebbles, weißt Du, was Schneeee ist? Pebbles, weißt Du das?“

Ruhe.

Ich sag nichts. Ich denk, mein Gott, was ist denn hier los? Meint sie das weiße Zeugs da draußen? Was soll daran gut sein? Man sieht ja nichts mehr. Ja, und dann redet sie über Schnee. Dann noch mal über Schnee.

Und was man *im* Schnee machen kann. Und was man *mit* alles Schnee machen kann. Männer bauen, sagt sie. Männer, war mir klar, dass das wieder kommt. Den Männern aus Schnee, steckt man, wie sie sagt, eine Möhre als Nase, Steine als Augen und eine Kartoffel als Mund in den Kopf. Früher nahm man Kohlen, aber die gibt es heute nicht mehr, wie sie unaufgefordert erläutert. Aha, denke ich, interessant. Aber sagen tu ich lieber nichts. Sie ist gerade so in Fahrt. Wenn sie wenigstens mit der Stimme mal wieder runter käme, wäre schon viel gewonnen. An den Vize, oder wie die Chefin sagt, ihr Soulmate, an den, na, an den will ich dabei ja gar nicht erst denken.

Wir sind dann 'raus. Sofort nach dem Frühstück. Ja, solange hat sie durchgehalten. Aber dann, nichts wie 'raus! Sogar meinen Uppsala-Mantel hat sie in der Aufregung vergessen. Das erste Gute, was der Schnee hat, dachte ich.

Tja, was soll ich sagen. Kalt ist das weiße Zeugs. Aber erfrischend, kann man auch essen, wird dann beim Essen zum Getränk. Weißes Wasser ist das also. Witzig. Irgendwie ganz witzig. Kann man auch sehr gut drin 'rumtoben. Bälle daraus machen ist auch super. Das ist das Beste sogar. Haben wir auf der großen weißen Wiese am Teich gemacht. Wenn es so kalt ist, sagt die Chefin, dann regnet es nicht, dann schneit es. So wie heute. Na gut, hab ich gedacht, wenn es denn bald wieder warm wird, freue ich mich heute schon auf den Regen. Dann krieg ich wenigstens nicht so wahnsinnig kalte Füße. Wir gehen dann also noch ein wenig spazieren und - man glaubt es nicht. An einem Haustierladen kommen wir vorbei. Ich gucke und traue meinen Augen nicht. Meine Güte, da ist so ein Mantel, wie ich ihn so ähnlich habe, im Schaufenster - also nicht genau das Modell Uppsala. Das allein ist ja noch erträglich. Aber dazu gibt es dort noch eine Mütze. Jawohl, eine Mütze. Mein Gott! Auch natooliv. Ja wirklich, so mit kleinem Schirm vorn, Ohrenschützer zum Herunterklappen und natürlich Gezause am Rand. Mit 2 Bändern zum Festmachen an Hals und Unterkiefer. Grausam. Einfach grausam. Grausam und bescheuert. Mein Gott, denke ich, weiter, schnell weitergehen, bevor die Chefin das sieht. Wenn die das sieht, bin ich geliefert. Kann ich mich nicht gegen wehren. Ganz, ganz zufällig hab ich mir unvermittelt fürchterlich am Fuß wehgetan und musste stark humpeln. Hast Du wohl auf einen Eisblock getreten, wie die Chefin meinte. Die Chefin hat sich sofort tief gesorgt. Sie war außer sich vor Sorge um mein Bein, aber nach fünf bis acht Schritten, also beim übernächsten Laden, ließ der Schmerz so schnell nach wie er gekommen war. Wir sind dann gut nach Haue gekommen und nach einigem Singsang meiner Chefin über den tollen Schnee hat sich das Leben dann hier wieder normalisiert. Ist ja ganz schön so ein Schnee. Das ist es aber auch schon. Warm ist besser als kalt. Weiß ich ganz genau. Von früher noch.

Nach Jostedt

Wir fahren heute wieder nach Jostedt zu Pippa, der freundlichen Frau und dem Mann mit dem dicken Bauch. Da freu ich mich immer ganz doll. Noch 3 Kilometer bis Jostedt, bin ganz aufgeregt, ich rieche das Ziel schon.

Adventsbesuch, sagt die Chefin. Eingeladen zu Grünkohl, Schweinebauch, Kochwurst und Kassler mit süßen Kartoffeln sind wir. Man, was haben die Chefin und Ihr Vize viel gegessen! Die freundliche Frau meinte später zu dem Mann mit dem dicken Bauch, ob er das gesehen hätte, als wenn die Beiden eine ganze Woche nichts gegessen hätten. Hatten die aber, hab ich gesehen jeden Tag. Wir wohnen schließlich ja zu dritt zusammen in der Amalienstraße, da merkt man das. Die freundliche Frau hatte dieses Essen eigentlich für 2 Tage gekocht. Grünkohl schmeckt ja erst am 2. Tag so richtig gut, bemerkte sie. Hmhh, kann sein, dachte ich mir. Interessiert mich aber weniger, dieser 2. Tag. Jedenfalls, wichtig ist einzig und allein, sie hat genug für alle, aber sie hatte nun zu wenig für den 2. Tag, weil die Beiden, also meine Chefin und ihr Vize, soviel Hunger gehabt hatten. Muss sie noch was nachkaufen. Wo ist das Problem? Soll sie doch was dazuholen. Ist doch egal, Hauptsache es reicht. Bauchspeck wäre gut. Ja, Bauchspeck, der war das beste. Die Wurst war etwas salzig, musste ich danach viel trinken. Der Kohl war mir völlig wurst. Aber, die Kassler, die sollte auch ausreichend sein. Lieber immer etwas zu viel als zu wenig! Und dann so kleine Kartoffeln dazu. Waren ganz süß, wohl mit Zucker drauf und etwas angebraten - super. Könnt' ich öfter essen.

Nur, der Abend dann, da musste ich mir doch schon öfter als sonst ein wenig die Füße vertreten. Mach ich aber gern dafür.

Nochmals an Gestern gedacht

habe ich heute morgen bei meiner Inspektionstour. Mach ich eigentlich immer so gegen 6 Uhr, die Tour. Bin heute aber etwas eher wach geworden – lag wohl an Gestern mit Kassler, Wurst und Bauchspeck. Mein Magen arbeitet noch dran. Hat bestimmt gut zu tun, der Magen. Ach, das war wirklich rundum super. Fast so toll wie Leberwurst. Aber nur fast. Ha, der Bauchspeck, hervorragend. War gekocht, ist besser als gebraten. So was Gekochtes duftet auch viel schöner. Die Chefin und ihr Vize haben auch gar nicht gesehen, wie gut ich mitgegessen habe. Konnten die auch nicht sehen, habe ich ganz geschickt angestellt. Pippa stand vorm Tisch. Die sieht man ja immer gut wegen ihrer Größe. Mich, die vor Pippa und somit genau unter dem Tisch stand, haben die beiden natürlich nicht gesehen. Und Pippa hat dann jeden zweiten Happen durch-gelassen. Die gebende Hand - ja, wessen Hand war das eigentlich - hat das gut gesteuert. Aber andererseits soviele Happen waren das auch gar nicht. Vielleicht so einer oder zwei. Weiß nicht. Beim Zählen habe ich hin und wieder noch so kleine Schwächen.

Da denke ich gleich mit Schrecken an meinen Adventskalender mit den 24 kleinen Hundekeksen. Sind nicht mehr so viele Kekse drin in dem Kalender. Nur noch ganz wenige. Manchmal, aber in den letzten Tagen immer öfter und öfter, singt mir die Chefin ins

Ohr: „Bald ist Weihnachten, Pebbles. Weihnachten, Pebbles. Das ist so schön. Da gibt es für alle Geschenke. Sind alle eingepackt. Musst du dann selbst auspacken, Pebbles. Ach, Pebbles ich bin schon so aufgeregt." Das singt sie dann mehrfach hintereinander von einem Bein aufs andere wackelnd und fragt, ob ich auch schon so aufgeregt bin. „Ja", sag ich dann kurz, um wieder Ruhe in den Laden zu bringen. Dem Vize, oder wie die Chefin sagt, ihrem Soulmate, schwärmt sie auch ständig von Weihnachten vor. Dabei ist der, wie ich gehört habe, gar nicht dabei, wenn es die Geschenke gibt, also Heiligabend. Der ist dann bei Oma und Opa in Frankfurt zu Besuch.

Ja, Soulmate sagt sie jetzt. Konnte ich nichts anfangen mit dem Wort. Das heißt Seelenverwandter, hat mir der Mann mit dem dicken Bauch erklärt. Aber ich finde, der Vize ist gar nicht so seelenverwandt mit der Chefin. Der ist eigentlich immer überlegt und durchdacht. Na wenigstens meistens. Ausgleichend, selten kindisch und auch nur wenig naiv. Der rollt schon öfters die Augen, wenn die Chefin etwas Lehrreiches für Alle verbreitet. Etwas übertrieben würde ich den als smart bezeichnen – na ja, vielleicht habe ich da auch etwas nicht so ganz richtig verstanden. Aber auch nicht so wichtig.

So, jetzt machen sich die Beiden noch mal auf nach Draußen. Sie wollen einen Weihnachtsbaum kaufen. Was das wohl wird? Was ist denn überhaupt ein Weihnachtsbaum? Mir sagt ja wieder keiner was. Na, lass ich mich überraschen. Ein Baum in die Wohnung pflanzen – kann ich nicht glauben. Aber der Vize nickt ganz ruhig. Er kennt das mit dem Baum. Nichts Neues – ist jedes Jahr so. Keine Wahsinnsidee der Chefin.

32

Nun ist es soweit.

Der 24. Keks ist verzehrt.

Die Chefin ist fürchterlich aufgeregt. Sie hat richtig gezittert, als sie mir heute morgen den 24. Hundekeks aus
meinen Adventskalender gegeben hat. Tja, Pebbles,
und sie hat dabei fast geheult, nun ist es vorbei mit den
Hundekeksen morgens. Heute ist der 24. Dezember.
Das war der letzte Keks. Schade. Wirklich schade, war
so schön jeden Morgen ein Keks. „Nicht Pebbles, war
doch schön. Aber heute, Pebbles, wird es noch viel
schöner. Nach dem Frühstück fahren wir beide gleich
nach Jostedt. Ist ja heute Heiligabend.

Die haben dort auch einen Tannenbaum. Den schmücken wir gleich mit Kugeln und Kerzen. Und heute
nachmittag, wenn es schon dunkel ist, liegen alle
Geschenke unterm Tannenbaum.

Ach, Pebbles, ich freu mich ja schon so. Bin ganz
aufgeregt! Du auch, Pebbles?" „Ich auch", sagte ich
dazu. Mehr nicht, ich war etwas unsicher, was denn
nun heute so passieren wird. Wie gesagt, die Chefin
und ich waren allein nach Jostedt unterwegs. Der Vize
ist ja auch morgen noch bei Oma und Opa in Frankfurt.
So bleiben wir denn auch über Nacht.

In Jostedt ist auch ein Adventskranz, so ein Teller mit
grünen Zweigen, aber nur mit einer, dafür ganz dicken

Kerze. Und die brannte auch den ganzen Tag wie zuhause in der Amalienstraße – roch aber nicht. „Der Adventskranz kommt nachher noch weg," meinte die freundliche Frau. „Dann haben wir mehr Platz auf dem Tisch." Egal hab ich gedacht, ich will nun mal wissen, wie das mit den Geschenken nun ist. Ob wohl auch was Essbares dabei ist? „Geduld, nur Geduld, nachher weißt Du das, Pebbles" meinte die Chefin auf meinen fragenden Blick hin. „Jetzt schmücken wir erst einmal den Weihnachtsbaum!"

Der Mann mit dem dicken Bauch und die Chefin holen einen Monstertannenbaum ins Wohnzimmer. Bestimmt zehnmal so groß wie ich, wenn ich auf zwei Beinen stehe. Den hatte ich draußen schon stehen sehen. Dann ist das also der Weihnachtsbaum. Nun gut, denke ich, mal sehen, wie es weitergeht. Kommen jetzt die Geschenke? Nein, jetzt kommen rote und goldene Kugeln in den Baum. Mhmmh. Und jetzt fummeln die freundliche Frau zusammen mit der Chefin und dem Mann mit dem dicken Bauch noch so ein langes Band in den Baum. Lichterkette sagt der Mann mit dem dicken Bauch dazu. Und fummelt weiter. Das Band ist voll vertüdelt. Die freundliche Frau und die Chefin geben dem Mann mit dem dicken Bauch ständig Tips, wie er es besser und vor allem schneller machen kann.

Der freundlichen Frau dauert das alles viel zu lang. Der Mann mit dem dicken Bauch sagt nichts dazu – der arbeitet an der Lichterkette. Fertig. Boaah, das sieht ja super aus. So viele kleine Lampen und die roten und goldenen Kugeln strahlen. „Jetzt kommen die Geschenke?" frage ich. „Nein, erst wenn es dunkel ist. Und deine Cousine Luna kommt ja noch mit ihren Leuten," sagt die freundliche Frau. Die Chefin ist jetzt auch etwas ruhiger geworden – nicht mehr ganz so flippig wie vorhin noch.

Richtig aufregend ist das heute. „Bringt Luna auch Geschenke mit? Ist auch was Essbares dabei?" Krieg ich keine Antwort drauf. Die Chefin und die freundliche Frau gucken noch einmal den Weihnachtsbaum an, ob auch jede Kugel richtig hängt oder besser einen Fingerbreit weiter gehängt werden muss. Meine Güte, man kann auch alles übertreiben. Der Mann mit dem dicken Bauch sitzt auf einem Stuhl, guckt den beiden zu und macht Pause. Der wartet wohl auch auf die Geschenke. Wann Luna wohl kommt? Na, hoffentlich bald. Sonst wird das mit den Geschenken ja heute nichts mehr.

Pippa hat sich den Weihnachtsbaum auch schon in Ruhe angesehen. Der Mann mit dem dicken Bauch hat uns, also Pippa und mich, dann eingenordet, dass wir hier jetzt nicht mehr rumhampeln sollen, keine Ballspiele und so. Nichts davon mehr! Wegen der Kugeln und der Lichterkette. Er will keinen Stress. Hat er hauptsächlich mir klar gemacht, Pippa weiß das ja alles. Aber ich wollte sowieso nichts machen. Ich warte ja auf die Geschenke, ersatzweise als Pausenfüller vielleicht einen Schmacko oder ein Stück Leberwurst.

Wäre nicht schlecht jetzt. Ich will ja nichts versäumen, so denke ich, ich sollte mal nach den Geschenken fragen. Falls es doch noch dauert, kann ich noch eine Runde schlafen. Vielleicht unten, da ist ja jetzt keiner. Hab ich meine Ruhe. Und bin dann ausgeruht, wenn es die Geschenke dann gibt. So mache ich das.

Pippa wird mich schon wecken, wenn Luna kommt.

33

Pebbles! Pebbles!

Ich werde gerufen! Da bin ich sofort wach. Hellwach, schon wegen der Geschenke. Und nach oben gerannt. Luna kommt gerade. Ist schon ganz dunkel draußen. So, sind alle da. Hab jeden ausführlich begrüßt. Jetzt kann das mit den Geschenken endlich losgehen. Der Mann mit dem dicken Bauch macht die Tür zum Wohnzimmer auf. Ziemlich dunkel da drin. Die Lichter im Weihnachtsbaum geben ein schönes Licht. Da liegen ja die Geschenke - um den ganzen Baum herum! Boah, sind das viele. Sind wohl nicht alle für mich. Wir dürfen anfangen. Die Chefin deutet auf ein Paket. „Für Pebbles," sagt sie und „kannst Du selbst auspacken, Pebbles." Pippa und Luna haben auch ein Paket bekommen. Nun reißen wir jede für sich das störende Papier herunter. Geht schwer. Aber immerhin geht das ab. Boah, wir haben jeder ein Getränk als Stoffspielzeug bekommen. Ich eine Dose Bier – Astra Urtyp. Super. Luna hat eine Dose Sprite und Pippa – natürlich – eine Flasche Champgner. Auch super. Das gefällt mir. Sehr sogar. Kann ich gut gebrauchen, die Bierdose. Und von der freundlichen Frau und dem Mann mit dem dicken Bauch eine schön eingepackte kleine Leberwurst. Für jeden von uns. Durften wir auch gleich essen. Das war des Beste.

Oh, jetzt gibt es schon Abendessen. Erst einmal für Pippa, Luna und mich. Jeder von uns hat eine Schüssel und bekommt das Essen in der Küche. Essen wir dann ganz in Ruhe. Luna ist die schnellste. Die isst nicht, die saugt das Essen in sich hinein. Sowas hab ich noch nicht gesehen. Pippa isst immer ganz, ganz langsam. Bis wir dann endlich mal alle fertig sind mit Essen, das dauert, meine Güte. Da müssen Luna und ich immer lange warten. Dann lecken wir reihum die Schüsseln der anderen noch gründlich aus. Soll ja nichts wegkommen. Das machen wir immer so. Da gibt es keinen Essneid. Und dann essen die Chefin, die freundliche Frau und der Mann mit dem dicken Bauch und Lunas Leute. Die Chefin gibt wieder Anweisungen. Kann sie gut. Ha,ha. „Pebbles bekommt nichts vom Tisch! Nie nicht!"

Aber, nur Sekunden später: „Oh, hoffentlich fällt mir das nicht von der Gabel. Oh - nun ist es doch runtergefallen", sagte der Mann mit dem dicken Bauch. Als wenn er es geahnt hätte, dass ihm so etwas passiert, wie peinlich. „Pebbles, guck mal. Ist 'runtergefallen! Das ist mir aber unangenehm, Pebbles!" meinte er noch. Ich weiß ja nun genau, was der Mann mit dem dicken Bauch meint, mit dem, was er so sagt. Dieses Missgeschick ist unglücklicherweise noch mehrere Male passiert – und nicht nur ihm. Aber der Chefin nicht. Komisch.

Weihnachten find ich gut. Können wir gern mal wieder machen.

34

Weihnachten war schnell vorbei.

Meine Astra Urtyp-Dose ist schon gut benutzt in den letzten Tagen seit Weihnachten. Kann man kaum noch die Marke erkennen. Nun kommt Silvester, sagt die Chefin. Da feiern wir ein Neues Jahr. Dieses ist dann zu Ende. Das feiern wir auch. Und warum feiern wir das Ende? War doch ein gutes Jahr. Hätte gern noch länger dauern können. Na, gut, auch egal. Hab ich ja nichts mit zu tun. Hoffentlich wird es in dem neuen Jahr dann wieder wärmer. Das wäre schön. Und bitte nicht soviel Regen. Das wäre auch sehr schön. Ich will nicht immer mit diesem Uppsala-Mantel durch die Gegend rennen müssen. Das ist mir peinlich.

Die Chefin hat jetzt eine neue Idee. Musste ja mal wieder so kommen. Hat sie wohl irgendwo gehört, beim Arzt oder im Supermarkt, oder was weiss ich wo. Und gleich umgesetzt die neue Idee. Ich soll nur noch zu bestimmten Zeiten und bestimmter Dauer spielen. Nur nach Erlaubnis und nicht zu lange. Und das Spielzeug sucht die Chefin dann immer aus. Heute mit Ball, morgen mit Stofftier. Und so weiter. Das sorgt für Ordnung im Hundeleben und für Respekt gegenüber ihr und dem Vize. Glaubt sie. Wer ihr den Blödsinn wohl erzählt hat? Will ich gar nicht nicht wissen. Der Mann mit dem dicken Bauch war es nicht, den fragt sie sowas lieber nicht. Ha, der hätte nur gelacht über die dusselige Frage und ihr eine passende Antwort ins

Gesicht gehustet. Nee, der kennt Hunde nämlich. Die freundliche Frau war es auch nicht. Auch egal. Aber ja, gewiss, von Hunden versteht die Chefin noch mehr als von Wein. Meine Güte. Selbst Wein trinken und Wasser predigen. Ich sag ja immer, die Chefin und ihr Vize. Dabei wissen wir, also ich und der Vize, dass er, also der Vize der richtige Chef ist. Aber wir sagen das natürlich nicht. Bei Gelegenheit zwinkern wir uns das zu. Also, ganz, ganz, ganz selten! Ist alles einfacher so, wenn die Chefin glaubt, sie ist die Chefin. Muss sie ja nicht wissen, dass wir wissen, das es anders ist. Der Vize hat gesagt, ist wie bei den Menschen. Aber da sei es meist umgekehrt. Das war mir zu schwer, hab ich nicht kapiert. Aber, betrifft mich ja nicht, bin ja kein Mensch. Dazu fällt mir ein, was ich neulich gehört habe. Hab ich zuerst auch nicht verstanden, aber dann später. Da hat einer gesagt zu den Steinen, ihr müsst härter werden. Aber die Steine sagten, sie seien dafür nicht menschlich genug. Hab ich später gedacht, ach ja, weiß ich, hab ich doch selbst gesehen, ganz früher, als ich noch in einem anderen Land war.

Mal sehen wie das neue Jahr wird. Dieses war schon gut. Besser geht eigentlich gar nicht.

35

Prost Neujahr,

sagen heute alle und grüßen freundlich jede und jeden. Na gut, sollen sie doch, ist wohl noch der Rest von Wein und Sekt gestern. Silvester war ja gestern. Ist vorbei. Hat mir gar nicht gefallen. Brauch ich nicht wieder, nie wieder. Hab ich Angst gehabt, als alles knallte und so viel Feuer überall war. Hab dann beim Vize auf'm Schoß gesessen. Der hat mich ein wenig beruhigt. Endlich waren dann Knallerei und Feuer zu Ende. Noch einen Sekt und einen Wein oder auch zwei oder drei für die Chefin und den Vize. Soulmate hat sie ihn wieder genannt, ihren Schatz. Wie süß, hab ich gedacht. Dann sind wir schlafen gegangen. Ich konnte lange Zeit gar nicht einschlafen, hatte immer noch die Knallerei im Ohr. Ganz lange hab ich wach gelegen, ab und an gab es draußen wieder einen Knall. Hab jedes Mal einen Riesenschreck bekommen. Das Geräusch kenne ich von früher, ganz von früher, weiß aber nicht mehr, woher. Na ja, ist auch egal. So bald kommt Silvester nicht wieder. Erst wieder nach dem nächsten Weihnachten. Und das ist noch ganz lange hin. Außerdem hätte ich ja nun gesehen, Silvester ist nicht schlimm. Und die Knallerei ist nur zum Vertreiben des alten Jahres und als Begrüßung des Neuen. Hat mir der Vize alles erklärt. Ach, beinahe hätte ich es vergessen. Eins war ganz gut an diesem Silvester. Die Chefin und der Vize hatten so runde, hellbraune Bälle mit Zucker oben drauf. Und drin ist rote Marmelade. Berliner haben die die Bälle genannt. Haben die gegessen. Jeder mehrere. Isst man immer an Silvester, haben die beiden gesagt, den ganzen Tag über verteilt. Müssen ja gut schmecken, hab ich gedacht, so viel, wie die davon essen. Jetzt wäre ich gern in Jostedt. Der Mann mit dem dicken Bauch hätte mich bestimmt ein ganz klein wenig kosten lassen davon. Aber von den beiden hier krieg ich natürlich nichts ab. Ist wie mit Schokolade - die wollen das nicht. Gibt es nicht. Nie. Gar nichts. Ist schädlich für Hunde. Und ungesund. Werden Hunde krank von. Ach so, na dann. Wartet ab, dachte ich gerade noch so. Die Gelegenheit kommt bestimmt. Genau. Und dann ist es passiert. Dem Vize ist ein großes Stück von so einem Berliner von der Gabel gefallen. Mit viel roter Marmelade dran. Ist direkt vor meine Füße auf den Fußboden gefallen. Als der Vize merkte, dass ihm etwas runtergefallen war, hat er sich gleich zum Aufheben gebückt. „Mein Gott, bloß keine Flecke auf dem Laminat!" Das war seine große Sorge und dann , „dass Pebbles das nicht isst!" Aber, da war gar nichts. Zumindest hat er nichts mehr gefunden von dem Stück Berliner mit Marmelade. Ich kann schnell sein, sehr schnell, wenn es sein muss. Ich hab dann noch längere Zeit damit verbracht, wenn keiner hinsah, das Laminat restlos sauber zu lecken. Super, leider ist kein Stück mehr von so einem Berliner runtergefallen. Schade.

Ja, und dann kam, wie ich ja schon erzählt habe, die Knallerei und das viele Feuer.

Der Vize hat gesagt, wenn das neue Jahr beginnt, soll man sich etwas für das neue Jahr vornehmen. Einen Vorsatz. Was man machen will im neuen Jahr und dann immer weiter jedes Jahr. Und das muss man dann auch tun. Hab ich drüber nachgedacht. Für mich habe ich nichts gefunden. Aber für die Chefin und den Vize habe ich etwas gefunden. Nicht unbedingt so einen Vorsatz wie der Vize ihn meinte, aber doch etwas ganz wichtiges:

Eine Bitte hab ich, muss *Euer* Vorsatz werden. Lasst mich nicht mehr allein. Ich fahr immer so gern mit Euch mit. Auch gern 'mal in Urlaub. Und noch lieber komme ich wieder nach Hause in die Amalienstraße. In unser Zuhause. Was bin ich froh, dass ich ein Zuhause habe. So ein schönes Zuhause. Für uns Drei. Ich möchte, dass das für immer so bleibt. Muss ja nicht auf ewig in der Amalienstraße sein. Ein Zuhause mit Garten drum rum wäre auch toll. Und wenn es wirklich mal nicht anders geht, also wirklich es sein *muss*, gehe ich auch zu Pippa nach Jostedt. Aber nicht länger als nötig. Bitte.

36

Heute gehen wir Einkaufen

gleich nach dem Frühstück. Hab ich gehört, wie die Beiden das gestern Abend besprochen haben. Ist ja heute Sonnabend. Merke ich immer gleich. Schlafen die Beiden etwas länger. Können die auch gern, hab ich nichts dagegen. Was ich richtig doof finde aber, ist, dass die Chefin und der Vize an Wochenenden immer in diesen fürchterlichen Schlabberklamotten rumlaufen. Kann man sich denn nicht vernünftig anziehen - so wie an anderen Tagen auch? Warum geht das nicht? Warum muss man den ganzen Tag wie-aus-dem-Bett-gefallen aussehen? Ist mir zu hoch, kapier ich nicht. Mir ziehen sie auch jeden morgen das Halsband über und oft auch noch ein Bandana als Halstuch dazu. Also, ich seh dann immer tip-top aus und bin dann stets ausgehfertig. Aber, wie gesagt, heute wollen wir Einkaufen gehen. Also haben sich Chefin und Vize vernünftig angezogen. Sieht wirklich viel netter aus als in diesen Schlabberklamotten.

Nach dem Frühstück sind wir dann gleich los. Zu Fuß. Kann so weit nicht werden, sonst hätten wir das Auto genommen. Die Sonne scheint, ist nicht kalt. Auch kein Wind. Fühle ich mich gut bei so einem Wetter. Es geht wohl wirklich nur zum Einkaufen, an der Abbiegung zum schönen Park sind wir vorbei. Wie die das wohl machen an den Läden? Die werden mich doch nicht draußen angebunden allein stehen lassen und sich dann im Laden stundenlang alles anschauen, bevor die Chefin nach langen Überlegungen entscheidet, hier doch nichts zu kaufen. Na, mal sehen. Zur Not mache ich großen Protest – das kriege ich hin. Ah, ich glaube, ich weiß jetzt, wo es hingeht! Am Käseladen sind wir nämlich auch vorbei. Gut, der interessiert mich nicht so. Käse esse ich nur, damit ihn keiner wegschmeißt. Wir sind am Papiergeschäft vorbei. Dann gehen wir bestimmt zu meinem Laden. Sehr gut! Hat auch den richtigen Namen: Esstempel heisst der, kenne ich, da waren wir schon zweimal. Da kann ich mit rein! Na, hab ich richtig geahnt. Toll, der Laden ist super. Ich hab auch ordentlich an der Leine gezogen. Will ja nichts versäumen und nicht unnötig Zeit verschwenden.

Zack, die Tür geht gleich von alleine auf. Da war ich sofort drin, die Chefin gleich mit reingezogen. Nur knapp kam sie heil vorbei am Türpfosten. Hatte sie gar nicht mit gerechnet, mit meiner Zugkraft. Ja, und dann konnte gut ich sehen, was es so alles gibt. An dem, was ich aus Augenhöhe nicht sehen konnte, bin ich dann nur auf den Hinterbeinen laufend vorbei. Das geht ganz gut mit der Leine. In die hänge ich mich immer voll rein, kippe ich nicht vorn uber. Ist anstrengend, macht aber nichts, so oft komme ich hier ja nicht her.

Wir haben zuerst so Hundekekse gekauft, kenne ich, schmecken gut. Und dann noch ein paar Dosen. Auch ok. So ein Schweineohr wollte ich, hab ich nicht bekommen. Nichts vom Schwein, haben die Chefin und der Vize gesagt. Dürfen Hunde nicht. Meine Güte, wenn die wüssten, was ich schon alles gegessen hab. Hat mir nicht geschadet. Da macht so ein Ohr nichts, überhaupt nichts. Schmeckt so gut und kann man lange dran knabbern. Ist zu schmierig, wenn das in der Wohnung rumliegt, meinen Chefin und Vize. Na gut, dann eben nicht.

Ja, und dann haben die Beiden gefunden, was sie suchten. Konnten sich nicht entscheiden, ob braun mit weiß oder schwarz mit weiß. Hab ich gedacht, ist doch egal, was es auch immer ist dieses Ding, das Weiß bleibt sowieso nicht lange weiß. Hätten die mir nicht erzählt, was das überhaupt ist, ich wäre nicht drauf gekommen. Wusste gar nicht, dass es sowas überhaupt gibt. Haben Pippa und Luna nicht, so ein Ding. Ist eine super gestylte Kiste mit Griff und mehreren Fächern für die ordentliche Aufbewahrung meiner Spielsachen. Ah, hab ich gedacht, toll, völlig überflüssig so eine Kiste. Brauch ich nicht. Weiß immer, wo meine Spielsachen sind. Aber gut, geschenkt ist geschenkt, soll man nicht meckern. Ich glaub, der Vize wollte das Ding kaufen, der hat es ja immer sehr mit der Ordnung. Soll er doch, muss doch auch mal seinen Willen haben.

Ja, und dann sind wir zur Kasse. Hab ich mich wieder auf zwei Beine gestellt, alles beobachtet. Musste ja auch darauf achten, dass wir die Hundekekse mitnehmen und auch die Dosen. Bloß nichts zum Essen irgendwo liegen lassen. Wir sind dann ohne Umwege, auch nicht mehr durch den Park, schnell nach Hause gegangen. Es regnete nämlich leicht, und die Chefin hatte Angst um ihre Haare. Nach meinen hat keiner gefragt. Oben in der Wohnung habe ich dann 2 oder 3 Hundekekse gegessen und mich dann wegen der ganzen Aufregung erstmal ein wenig zum Ausruhen schlafen gelegt.

37

Besuch bei Luna

ist für heute geplant. Heute ist Sonntag. Das Wetter ist noch genauso wie gestern. Regnerisch, windig, kalt. Hoffentlich gehen wir nicht zu Fuß. Muss nicht sein bei diesem Wetter. Ist zwar nicht so weit, nur eine knappe halbe Stunde. Weiß ich so genau, weil wir schon einmal da waren. Und wo ich einmal war, da merke ich mir alles. Wir haben ja zwei Autos, eines könnten wir also schon nehmen. Können wir bei Luna auch genau gegenüber dem Eingang parken. Das ist bequem, werde ich nicht nass. Nur da, wo Luna wohnt, ist mir das auch nicht immer geheuer. Direkt über dem Parkplatz ist manchmal ganz plötzlich ein Riesenkrach, so ein Gepolter und Gerausche. Wahnsinnig laut – und man sieht nichts, man erschrickt nur fürchterlich. War beim ersten Besuch hier auch so. Hab ich mächtig gezittert vor Schreck, auch nach 10 Minuten noch. Obwohl der Lärm schon vorbei war. Der hatte nur wenige Sekunden gedauert. Weiß ich noch ganz genau. Als ich mich gerade beruhigte, ging es wieder los mit dem Lärm. Nur von der anderen Seite. Na ja, die Chefin hat mir dann erklärt, das ist die U-Bahn. Die fährt oben drüber auf einer langen Brücke den ganzen Straßenzug entlang. Mit der fahre ich auch, wenn ich mit der Chefin ins Büro muss. Und, ganz wichtig, hat sie gesagt, muß ich mir keine Sorgen machen. Ist ok so. Wir haben dann wirklich das Auto genommen und wieder unter der Brücke genau gegenüber von Lunas Eingang **ge-**

parkt. Ich bin ausgestiegen, und, man glaubt es nicht. Ich hab zwar an das mit der U-Bahn gedacht, aber überhaupt nicht damit gerechnet, dass das blöde Ding genau jetzt, als ich gerade aussteige, wieder da oben 'rüber donnert. Was hab ich mich erschreckt! Aber nur ganz, ganz kurz gezittert. Hat keiner gesehen, Gott sei Dank. Fragt die Chefin so ganz ohne Anteilnahme an meinem Schreck den Vize: „Fährt die U-Bahn heute auch alle 2 Minuten?" „ Nein, alle 5, aber in beide Richtungen. Also alle zwei-ein-halb Minuten, wenn du verstehst, was ich mein." Geantwortet hat sie darauf nicht, wohl nur drüber nachgedacht. Wir sind dann schnell über die Straße gelaufen. Ich hab mich ordentlich in die Leine gehängt, geht dann alles schneller. Sieht bestimmt immer lustig aus, ich vorn beide Beine hoch, also nur auf den Hinterbeinen laufend und die Chefin ganz weit vornüber gebeugt mit Mühe die Leine haltend. Geht ihr mächtig auf Finger und Rücken hat sie bei einer ähnlichen Situation 'mal gesagt. Egal, muss sie aushalten, wir wollen ja schließlich auch endlich bei Luna ankommen. Luna wartete schon am Fenster. Eigentlich ist das Fenster ja viel zu hoch für Luna. Luna ist die jüngste von uns Dreien, erst 1 Jahr alt und wächst noch. Schon ziemlich groß, aber viel kleiner als Pippa ist sie und auch viel zierlicher. So groß wie Pippa wird die nicht. Bleibt bestimmt einen Kopf kleiner. Sie ist ein Border Collie so wie Pippa. Nur nicht so schwarz, sondern halb weiß, halb schwarz. Und hat sehr kleine Füße. Sehr klein. Die sind so klein, da tritt bestimmt nie einer drauf, trifft man nicht, zu winzig sind die. Na ja, so winzig nun doch wieder nicht, sind so groß wie meine. Und ganz lustig, sie hat ein blaues Auge und ein braunes. Wäre interessant zu wissen, ob sie mit dem blauen oder mit dem braunen besser sieht. Sie steht also am Fenster. Und weil das Fenster noch zu hoch ist für Luna, steht sie auch nicht am Fenster, sondern sie steht auf der Sofalehne. Auf der Lehne! Und das Sofa steht am Fenster und bietet daher einen tollen Überblick über den kleinen Vorgarten, die Straße und auch die U-Bahn. Dann haben wir geklingelt. Und Überraschung: Tiefes Gebelle! Wer ist das? Pippa? Pippa hier bei Luna? Tatsächlich, also doch. Ich hatte gestern gehört, die Chefin sagte es so ganz beiläufig zum Vize, dass Pippa auch kommt. Wie das wohl wird, hängte sie noch an. So, nun sind wir da.

Es summt. Die Haustür geht auf. Nur noch wenige Meter bis zu Lunas Wohnung. Ich – wie immer bei solchen Gelegenheiten - mit voller Kraft auf 2 Beinen und mich in die Leine hängend durch das Treppenhaus hinein in die Wohnung. Booah, unfassbar. Booah, alle da! Pippa, der Mann mit dem dicken Bauch und die freundliche Frau. Luna und ihre beiden Leute, die wohnen hier ja auch. Und ich natürlich mit Chefin und Vize. Super, unbeschreiblich, ganz toll. Ich kann gar nicht an mich halten vor Begeisterung. Ich muss bellen, hüpfen, schreien, springen - trotzdem gelingt es der Chefin endlich, die Hautür zu schließen. Ich bin so am wirbeln, die Leine lässt sich gar nicht lösen – doch jetzt. Nun rennen wir zu dritt durch die Wohnung. Vom

Wohnzimmer durch's Esszimmer, den langen Flur entlang, Kehrtwendung in der Küche und denselben Weg noch einmal. Und noch zweimal. Und noch zehnmal. Oh, guck, Pippa rennt gar nicht mit. Die hat es nicht eilig, die geht gemütlich in die Küche und wartet am Kühlschrank, dass jemand ihr etwas von den Leckereien reiche. Ist hier immer so, kennt sie. Luna und ich japsen nach der Rennerei und den vielen engen Kurven ziemlich. Völlig aus der Puste schmecken wir nicht mehr viel von den Leckereien für uns. Aber egal. Macht Spaß diese Toberei. Es ist toll, wenn wir Drei uns treffen.

Gut, Luna wird immer größer. Vor kurzem begegneten wir uns noch auf Augenhöhe. Leider vorbei. Na ja, nicht schlimm. Ich glaube, Luna stört es nicht, dass ich von uns beiden das Sagen habe. Ist ihr wohl egal. Hauptsache, sie weiß es. Wenn wir Drei zusammen sind, gelten auch andere Regeln. Wissen wir. Genau wissen wir das. Über uns beiden, also Luna und mir, steht Pippa. Die sagt uns immer ganz klar, wo es lang geht. Und vor allem wie, das zeigt sie uns. Hat sie auch immer Recht mit. Die lässt nichts durchgehen. Und über Pippa steht der Mann mit dem dicken Bauch. Was der sagt, ist Gesetz. Machst du besser immer alles sofort. Die anderen kannst du alle knicken, ob die freundliche Frau, die Chefin und der Vize, die Leute von Luna. Was die wollen, kann man ja tun. Muss man aber nicht. Muss man auch nicht hinhören. Passiert nämlich nichts.

Bei dem Mann mit dem dicken Bauch ist das anders. Neulich, weiß ich noch, sagt der Mann mit dem dicken Bauch, ich solle mich da mal hinsetzen und warten, das sei für Pippa. War ein Stück Brot. Hab ich sofort gemacht. Ist immer besser bei dem, der lässt nämlich nichts durchgehen. Ich sag das ganz bewusst zweimal, damit man das auch behält. Was der sagt, musst du tun. Am besten sofort. Sonst macht der Dich lang. Weiß ich noch ganz genau von dem Rad vom Stuhl von der freundlichen Frau. Hatte ich doch schon erzählt. Ich hab damals sehr schnell begriffen, wie der Mann mit dem dicken Bauch das macht. Erst spricht er ganz normal aus, was zu machen ist. Passiert nichts – wird er lauter. Da versteht man jeeedeeennn Buchstaben. Das geht richtig ins Mark und den ganzen Rücken entlang. Bis in die Schwanzspitze. Ganz unangenehm ist das. Will man besser nicht haben. Und versteht, es ist besser, das nun zu tun, was der sagt. Sofort. Der lässt nichts durchgehen und lässt sich auch nichts gefallen. Neben oder hinter ihm steht meist Pippa - na ja, so oft kommt das ja nicht vor.

Aber da ich das gerade erzähle, vor der Chefin habe ich nicht so besonders viel Respekt. Vor einigen Tagen waren wir unterwegs zu einer schönen Wiese und kamen an einem Gebüsch vorbei. Die Chefin drängte darauf, dass ich zügig mein Geschäft erledigen solle. Und wie ich so nach einem geeigneten Ort Ausschau halte, liegt da ein Fischkopf. Fisch ist immer super. Weiß ich noch von früher aus der Zeit, als ich noch in einem anderem Land wohnte. Der Fischkopf lag wohl da schon etwas länger, hatte ein Aussehen, von dem ich wusste, dass das der Chefin nicht zusagen würde. Egal, was ich hab, hab ich. Ich mich also auf den Fischkopf gestürzt und wollte den ganz schnell runterschlingen. Aber die Chefin hat's gesehen. Im allerletzten Moment biegt sie mir die Schnauze auf und bei viel Gezeter zieht sie mir mit ganz langen Fingern den Fischkopf knapp vorm Runterschlucken aus der Schnauze. Und schmeißt ihn angeekelt ins Gebüsch. Nun lasse ich eine Schimpfkanonade über mich ergehen. Dabei bemerkt sie einen für sie äußerst unangenehmen Geruch an ihren Händen. Das Gezeter ist schlagartig vorbei. Sie ist jetzt mit ihren Händen zugange. Das ist meine Chance! Was interessiert mich ihr Gezeter, ich seh den Fischkopf da ganz einsam am Gebüsch liegen. Schnell zugepackt und ich hatte doch gewonnen. 3 Minuten hat sie noch gemeckert und die Welt war wieder in Ordnung. Und mein Magen konnte auch gut was mit dem Fischkopf anfangen. Das ist eben der Unterschied zu dem Mann mit dem dicken Bauch. Da wäre die Sache nicht in 3 Minuten ausgestanden gewesen. Aber, ob ich überhaupt versucht hätte, die zweite Chance zu nutzen?

Der Besuch bei Luna ging leider viel zu schnell vorbei. Wir haben noch viel gespielt mit Lunas Spielsachen. Die hat eine ganze Menge davon. Bälle, alte Strümpfe, Stofftiere und ihre Sprite-Dose war auch noch dabei. Erkennen konnte man die Brausedose zwar nicht mehr als Brausedose, aber der Geruch war derselbe. Es war ein toller Tag. Nun bin ich völlig fertig und total müde. Wie schön, dass wir mit dem Auto unterwegs waren. Musste ich nicht mehr laufen. Gar nicht mehr. Vom Auto aus auf dem Arm vom Vize getragen direkt in den Fahrstuhl und dann in die Wohnung. Die 2 Meter bis zu meinem Bett habe ich so eben noch auf eigenen Füßen geschafft. Dann bin ich sofort eingeschlafen. Bis zum Morgen hab ich durchgeschlafen.

38

Allein zu Haus

war ich mit dem Vize. Wusste ich seit gestern, dass die Chefin heute ins Büro fährt. Finde ich immer gut, wenn ich dann mit dem Vize mal einen Tag allein bin. Dann geht alles ein wenig ruhiger ab. Es ruft dann auch niemand: „Pebbles!" und gleich weiter: „Peeebbleees, schläfst Du, Pebbles? Pebbles, wo bist Du? Guckst Du aus?" Mein Gott, denke ich, was ist denn jetzt los? Nein, ich schlafe nicht. Zumindest jetzt nicht mehr. Ich mache mich dann mal auf den Weg zu ihr. Bevor sie wieder ruft. Bitte nicht nochmal, das braucht auch keiner, dieses laute Rufen. „Ja", sagt sie, und: „Gut, Pebbles, ich wollte auch nur wissen, wo du bist." Das war's dann. Danke, denke ich. War nötig, oder? Wirklich schön, dass das heute nicht passiert. Nein, hier ist alles ruhig und gesittet. Wenn ich ein wenig schlafen will, schlafe ich wenig. Wenn ich ausgucken will, gucke ich aus.

Aber es ist auch immer schön, wenn die Chefin dann wieder nach Hause kommt. Meist ahne ich es, wenn sie im Anmarsch ist. Dann gehe ich schnell ausgucken. Ich erkenn sie immer sofort, niemand fährt so schwungvoll in die Tiefgarage. Und dann dauert es eine Ewigkeit, bis sie endlich oben an der Wohnung aus dem Fahrstuhl steigt. Dauert bestimmt gar nicht so lange, fühlt sich nur so lange an. Ich kann es nicht abwarten – und dann kann ich springen, durch die Räume jagen, auch ein wenig schreien vor Freude. Wenn ich mich ein wenig beruhigt habe, sagt sie das immer zu mir: „Na, Pebbles, war auch alles gut heute? Habt ihr euch auch vertragen, Ihr Beiden? Na, will ich hoffen!"

Und dann ist es auch Zeit für mein Essen. Macht an solchen Tagen der Vize. Macht er ganz gut, hat er gelernt wie es geht. So weit, so gut. Wenn ich dann aufgegessen habe, wird es oft interessant. Dann sagt die Chefin, wir sollen mal gut zuhören, sie hat sich was überlegt. Das ist so immer der Punkt, da werde ich hellhörig. Ganz hellhörig. Da muss man rechtzeitig einhaken, da darf man nichts überhören. Da muss man gleich einen Riegel vorschieben wie bei vielen ihrer Ideen. Gut, der Vize kontert das meist ganz geschickt. Merkt sie gar nicht gleich. Meist formt er die Einfälle der Chefin in etwas ab, was wir dann auch wirklich machen können. Damit ist er wirklich super und einfallsreich. Das könnte ich so nicht. Muss ich zugeben. Und das beste ist, die Chefin freut sich dann danach immer über ihre Ideen und wie schön ihre Ideen für uns Drei immer so sind.

Also, der Vize ist wirklich sehr geschickt bei so etwas. Sehr geschickt. Hat uns so schon manchen Blödsinn erspart. Wie neulich. Da kam sie mit der Idee, wir könnten ja mal einen schönen Waldspaziergang machen. Am Sonntag. Pebbles sei ja noch nie im Wald gewesen. Das wäre doch mal was, meinte sie. Hab ich gedacht, Mensch wir haben Januar, es ist kalt, es regnet und es wird den ganzen Tag nicht hell. Die Wege sind matschig, und windig ist es auch noch. Und ich muss dann noch meinen Uppsala-Mantel anziehen? Meint sie das Ernst, muss das wirklich sein? Ein Waldspaziergang? Glaub ich jetzt nicht wirklich! Ein Waldspaziergang im Januar – kommt man nicht drauf.

Ja, und dann setzt sie noch einen drauf. Was ich da alles sehen könnte im Wald. Rehe – bestimmt, da wo sie im Wald läuft, warten die Rehe doch gerade auf sie. In ganzen Rudeln. Bestimmt. Oder Hasen. Hasen kenne ich nicht, noch nie getroffen, keine Ahnung, wie die aussehen. Der Vize meint trocken, Hasen sieht man selten im Wald, eher auf Feld und Flur, wenn überhaupt. Gut, dann wenigstens ein Eichhörnchen. Muss ich nicht sehen, kann ich nicht ab die Dinger. Huschen von Ast zu Ast, wedeln immer mit ihrem dicken Schwanz. Kenn ich schon die Viecher - von früher noch. Komme ich nie ran an die. Haben einen richtigen Rattenkopf und hampeln immer mit viel Abstand über mir in den Bäumen 'rum. Ich krieg die einfach nicht zu fassen. Kann ich so nicht knacken. Nee, geh mir ab mit Eichhörnchen. Und außerdem bin ich ja auch immer an der Leine. Dann meinte die Chefin noch, da im Wald, wo sie meint, gibt es auch einen kleinen See, so einer mit Enten, Schwänen und Gänsen. Da kommt ja einiges zusammen, hab ich gedacht. Was für Zeugs das alles so gibt. Glaub'ste nicht. Der Vize hat auch etwas genervt geguckt. Na ja, hat die Chefin gesagt, wenn ihr nicht wollt, dann eben nicht. Sonntage können so öde sein, hat sie noch angehängt.

Wir sind dann am Sonntag in ein schönes Café gegangen. Das war nicht weit. Da roch es auch gut, so
nach Kuchen und Schokolade. Und warm und trocken
war es auch. Das war ein schöner Sonntag.

39

Eigentlich wie immer

dieser Tag heute. Seit Weihnachten sind alle Tage fast gleich. Nie richtig hell, fast immer Regen und Wind. Keine Sonne und immer so blöde kalt. Es ist jetzt Ende Februar, da könnte es doch mal besser werden.

Aber heute ist es irgendwie doch anders. Ganz anders. Ich weiß nicht, ich kann es nicht sagen. Aber die Chefin und auch ihr Vize - die riechen irgendwie anders. So als Hund setzt man ja viel auf die eigene Nase und so bemerkt man das. Geht nun schon seit dem Frühstück so. Es arbeitet auch keiner. Na, mal gucken, was kommt. Dann leg ich mich doch nochmal ein wenig hin. Mal sehen, was der Tag so bringt.

Immer noch komisch hier. Es ist wirklich ganz anders. Wir waren gerade noch einmal draußen, muss ich nachmittags ja immer. Aber irgendwie eilig hatte die Chefin es heute. Hat auch nirgends geguckt, ob es was zum Ärgern und Aufregen gibt draußen. Ungewöhnlich für sie – sehr ungewöhnlich.

Ach, nee, also doch. Kommen wir wieder in die Wohnung, hat der Vize überall irgendwelche Sachen hingestellt. Dicke Schuhe, dicke Mäntel, dicke Strümpfe, dicke Pullover, dicke Mützen – sogar die schöne Mütze mit dem Pudel oben darauf, die die freundliche Frau und der Mann mit dem dicken Bauch der Chefin zu Weihnachten geschenkt haben, ist dabei.

Eigentlich alles Sachen für kalte Tage. Ja, und dann - dann sehe ich, dass auch meine Sachen gesammelt in einer Ecke stehen. Meine Decke, mein Reisebett, meine Schüsseln und mein Essen für viele Tage. Und natürlich mein Mantel Typ Uppsalla. Das hat mich schon tief erschreckt. Bringen die mich weg? Wohin? Warum? Was passiert hier? Geh ich wieder einige Tage zu Pippa nach Jostedt? Nein, das ist es nicht. Das passt auch nicht mit den ganzen Sachen.

So, hier läuft nichts mehr. Der Vize soll die ganzen Sachen und auch meine Sachen nach unten ins Auto bringen, sagt die Chefin. Macht der auch. Na, und dann ist Schlafenszeit. Müde bin ich nicht, einschlafen kann ich auch nicht. Irgendwann dann wohl doch.

Wie immer wache ich gegen 6 Uhr wieder auf. Boaah – sind die beiden schon wach und auf! Er ist beschäftigt, alles ganz wichtig, was er da macht, glaubt er. Sie, wie immer alles zack–zack, keiner weiß, was sie tut, sie selbst meist auch nicht so recht. Und ich kapier nicht, was hier passiert.

Mir sagt ja keiner was. Was ist hier los? Bringen die mich schon wieder irgendwo hin? So wie letzte Woche, als ich 4 Tage zu Pippa gebracht wurde? Da ist es ja immer ganz gut bei dem Mann mit dem dicken Bauch und der freundlichen Frau, muss aber auch nicht zu oft sein. Oder fahren wir alle gemeinsam weg? Oh, Chefin und Vize, ihr wisst doch, ich sag immer, „Da, wo Ihr nicht seid, kann ich nicht sein." Ich weiß nicht, was hier läuft – steckst halt nicht drin in den Beiden. Wohl ist mir nicht dabei – was passiert jetzt? Ich merk schon, das schlägt mir auf die Verdauung. Mein Gott – jetzt nicht das auch noch! Kann nicht jemand endlich mir mal sagen, was hier läuft?

So, alle raus aus der Wohnung, die Chefin schließt die Tür ab, prüft dreimal, ob gut abgeschlossen ist und fragt im Fahrstuhl auf dem Weg nach unten den Vize, ob sie wohl gut abgeschlossen hat. Meine Güte. Ich glaub ja nun, wir fahren alle drei irgendwo hin. Ich bin so aufgeregt. Jetzt packt die Chefin mich ins Auto. Auf der Rücksitzbank ist für mich so eine Art Hängeschaukel angebracht. Hängen tut die gut, sitzt und liegt man als kleiner Hund auch gut drin. Kann man auch drin schlafen. Schaukeln ist aber nicht, das ist auch gut so. Ausgucken dafür ist super.

Wie ich das jetzt mitkriege, fahren wir wohl sehr lange heute. Als wenn sie meine Gedanken erahnt hätte, sagt sie ungefragt, Schneeferien in den Bergen wollen wir machen. Da war ich schon einmal, in den Bergen. Das kenn ich. Da verstehe ich die Leute nicht. Hört sich ziemlich deutsch an, aber mit so vielen Knacklauten. Ist aber kein Deutsch. Und die Menschen aus den Bergen dort hängen immer ans Ende der Worte ein „-i“ oder „-li“. Witzig, weiß ich noch, statt Hühnchen sagen die Leute aus den Bergen Mistkratzerli. Ok, ist eben eine andere Sprache. Na, mal gucken, was noch so kommt heute. So eine lange Fahrt. Das macht mich müde, wenn ich immer nur fahren muss.

Mal Pause machen, das würde es einfacher machen für mich... Nun haben wir Pause gemacht. Tja, was soll ich sagen, ich hab mich ja soweit beruhigt, meine Verdauung aber noch nicht. Für mich müssen wir wohl noch öfters Pause machen.

So alle 20 Minuten schätze ich. Das geht gerade so, hoffe ich. Na ja, wird auch besser werden – nur Geduld.

40

Den ganzen Tag

fahren wir nun. Links und rechts sind nun auch schon größere Berge zu sehen. Immer genau nach Süden auf der Autobahn bis nach Graubünden, erklärt mir der Vize. Und dann erzählt er, wo wir schon längs gefahren sind. Hannover, Göttingen, Kassel, Fulda, Würz... oder so, konnte ich mir doch nicht alles merken. Wozu auch? Muss ich nicht wissen, fahr ich sowieso nicht hin. Nach einiger Zeit erzählt er weiter. Jetzt kommt noch Ulm, irgendwas mit Memm oder so und dann Lindau. Bis an den Bodensee, den größten See in Deutschland. Und morgen fahren wir dann in die Schweiz mit dem vielen Schnee und machen schöne Ferien. Die Chefin nickt dazu und freut sich. Sie freut sich sehr, die Mundwinkel stoßen schon an die Ohren.

Das mit den Pausen ist auch erledigt. Brauch ich nicht mehr. Irgendwo an dem ganz großen See hat die Chefin ein Hotelzimmer gebucht, sagt sie. Ist nicht mehr weit, sagt sie und der Lochauer See, wie sie den See nennt, käme nun auch schon bald in Sicht. Ah ja? Wie der große See wohl richtig heißt? Bodensee wohl, hatte der Vize ja gesagt.

Jetzt bin ich sicher, ich bin dabei und werde nirgends für einige Tage geparkt. Interessant, die beiden wollen noch irgendwo etwas essen. Der Vize hat nämlich Hunger und fängt an, zu quängeln. Die Chefin gibt ihm das letzte Brötchen von heute morgen - aus ihrer Tupperdose. Ja, Tupperdose, auf sowas steht sie.

Ja, und dann – dann passiert es. Ich glaub es nicht! Der Vize beißt in das Brötchen und bricht sich einen Zahn ab. Ganz hinten, einen Zahn! Nur noch Bruchstücke! Meine Güte, ist denn alles um mich herum marode? So alt ist der Vize doch gar nicht. Bei dem Mann mit dem dicken Bauch hätte mich das ja nicht gewundert – aber beim Vize? Und nun? Anhalten, Schaden feststellen, Schadensstelle sichern, Fortgang überlegen. Sie beraten. Weh zu tun, scheint es nicht. Aber kaputt ist kaputt. Wir wollten doch in die Ferien und nicht zur Zahnwerkstatt. Fahren wir jetzt zurück?

Halt! Die Chefin greift zum Telefon und schildert den Fall. Moment! Jetzt sagt sie, der Vize solle sich vernünftig hinsetzen, sich ins Licht drehen, und den Mund weit, ganz weit, so weit, wie es überhaupt geht, aufmachen! Sie wolle – ich glaub es nicht – ein Foto von der Unfallstelle machen. 3 Fotos macht sie dann. Und schickt die Bilder ab. Ja, jetzt begreif ich. Die beiden haben ja einen befreundeten Zahnarzt nicht so sehr weit von hier. Da fahren sie jetzt hin. Sind sie schnell da, kann der heute den Zahn noch wieder hinbekommen. Zumindest für die Urlaubszeit. Also, ab nach Winterthur.

So, das mit dem Zahnarzt in Winterthur hat geklappt. Jetzt beruhigen wir uns alle wieder. Der Zahnarzt ist ja ein Freund der Familie. Bei dem können wir übernachten und auch was essen. Der Vize hat keinen Hunger. Macht nichts – ich schon. Ganz gut, wenn man sein Essen und sein Geschirr dabei hat. Hat mir gut geschmeckt. Ich bin satt.

Ich geh nun nochmal raus – ganz normal. Und dann geh ich schlafen in meinem Reisebett. Morgen sehen wir weiter. Neuer Tag neues Glück, sagt die Chefin immer.

41

Die nächste Reise

nach Jostedt steht für morgen an. Da freu ich mich heute schon riesig drauf. Muss 'mal wieder eine Reise sein, die letzte in die Berge ist ja nun schon seit 2 Wochen zu Ende. War gut, die Reise. Morgen nach Jostedt - fahr ich immer wieder gern hin. Bei Pippa ist immer das Beste. Zuerst immer die Leberwurst. Und dann der Garten. So ein schöner Garten zum Toben und Rennen, aber ich immer mit der super-langen langen roten Gummileine am Hals - schade. Wir bleiben nur den halben Tag. Also eigentlich keine Reise, nur ein kurzer Ausflug – aber immerhin. Die richtige Reise war ja auch gerade erst. War toll so im Schnee. Aber ich bin doch eher lieber für die wärmeren Zeiten zu haben. Die Chefin hat mir erzählt, dass es jetzt wieder wärmer wird. Und die Bäume bekommen wieder Blätter. Und die Blumen blühen dann so schön. Jetzt kommt der Frühling und dann der Sommer. Na gut, von mir aus, freu ich mich auf die warmen Tage. Die Blätter find ich gut, die Blumen – ich weiß nicht. Schön bunt, aber eigentlich nicht so interessant, kann ich ja nicht essen. Sind wohl auch giftige bei, sagen Vize und Chefin – beide sagen das. Na, will ich das dann mal glauben. Frage ich lieber nach einem Schmacko oder Leberwurst. Funktioniert immer gut in Jostedt diese Fragerei – bei dem Mann mit dem dicken Bauch und auch bei der freundlichen Frau.

Ich möchte dann gern auch ohne Leine laufen. So wie Pippa immer. Die hat, glaube ich, gar keine Leine. Fast so wie der Mann mit dem dicken Bauch. Der hat keinen Mantel. Der sagt, der Tag, an dem er einen Mantel braucht, den Tag hat's noch nicht gegeben. Dem reicht das, wenn er die Jacke zumachen kann. Wie gesagt, ich möchte auch gern ohne Leine laufen. Manchmal gelingt mir das ja. Dann flutsche ich jemandem durch! Und dann, ja, dann renne ich los. Ich möchte am liebsten immer ganz ohne Leine laufen. Dahin laufen, wo es mir gefällt. So ganz frei. Ach, was hab ich mich sauwohl gefühlt, so ganz ohne Leine im Garten und immer um das Haus rum. Einfach so, rum und nochmal rum, Kehrtwende und anders rum. Wie einer mal gesagt hat, oft reicht es nicht, keine Idee zu haben, man muss sie auch nicht ausführen können - genauso geht es mir ohne Leine. Mal hier hin, mal dort hin – weiß ich auch nicht. Laufen und rennen eben! Das kann auch mal böse enden, meinen Chefin und Vize immer, wenn ich mich dann wieder hab festhalten lassen. So bleibe ich an der Leine. Muss ich halt noch lernen, dass das so nicht geht, meinen sie immer. Ist nicht einfach. Klappt aber bestimmt noch irgendwann. Davon bin ich überzeugt. Die Chefin und ihr Vize bekommen das sicher noch hin. Sonst können sie ja auch alles. Na, jedenfalls fast. (Hä, Hä!) Da hat der Mann mit dem dicken Bauch schon Recht, wenn er immer wieder sagt, ich sei nicht Herr meiner Einfälle. Also ich bin eher immer Herr der Genüsse. Wenn ich das so sagen kann als Hundemädchen. „Das Leben vergeht wie der

Schaum einer Champagnerflasche. Wer es dahinschwinden läßt, ohne es genossen zu haben, ist ein Narr", hat ein anderer bekannter Mensch wohl einmal dazu gesagt. Hab ich mal gehört, find ich gut und mache ich also so. Pebbles, die immer alles auf Knopfdruck tut, wird es nie geben. Hat der nicht gesagt, aber stimmt schon ziemlich gut. Bin doch kein Schäferhund. Ich denke selbsttätig. Der Mann mit dem dicken Bauch erzählt dazu, der deutsche Mensch gleicht dem Sklaven, der seinem Herrn gehorcht, ohne Fessel, ohne Peitsche, durch das bloße Wort, ja durch einen Blick. Die Knechtschaft ist in ihm selbst, in seiner Seele. Aber das ist nun bestimmt alles andere als das Gelbe vom Ei, meint er. Kompliziert, meine Güte, wie soll ich das verstehen? Na ja, gut, so ein bisschen passt das schon, wenn er das meint. Wie gesagt, ich bin Hund. Ist bei mir ganz anders – ich tue das, was ich mag oder mir gerade so einfällt, aus meiner vollen Überzeugung. Und Pippa, ja, Pippa, die sieht das auch so. Nur Pippa weiß eben immer, was sie tun sollte und was lieber nicht. Ganz genau weiß die das. Die setzt immer ihre ganze Lebenserfahrung ein und macht nichts Unüberlegtes. An der kann ich abgucken, wie das funktioniert. Aber Lebenserfahrung hab ich ja auch jeden Tag mehr. Also bin ich ganz zuversichtlich, wir Drei aus der Amalienstraße werden das schon hinkriegen. Das so ohne Leine, meine ich. Zur Not helfe ich der Chefin und dem Vize ein wenig. Sollen ja auch nicht alles alleine machen müssen.

42

Es grünt überall,

wo ich auch hingucke, überall. Tatsächlich, jetzt wird es Frühling und dann Sommer. Ich freue mich schon richtig doll auf die warmen Tage.

Und dazu ist noch irgendwas Besonderes für die nächsten Tage angesagt, hat mir die Chefin erzählt. Irgendwas mit und von Tieren. Ich hab nicht so richtig kapiert, was sie erzählt hat. Ok, war schon sehr spät abends, war gerade dunkel geworden, der Vize war wie immer um diese Zeit schon zu Bett gegangen. Er hat im Pyjama noch kurz eine Gute Nacht gewünscht, als die Chefin die Geschichte erzählte. Irgendwie besteht der Spaß aus Sachen und auch Eiern, die man suchen muss. Die Sachen, die so ein Tier mit 4 Beinen - vorn 2 kurzen und hinten 2 langen – vorher versteckt hat, sind meist zum Essen und schmecken oft besonders gut. Hühner spielen auch mit und dann sind da noch die vielen Eier, die die Hühner gelegt haben. Die Menschen malen die Eier dann ganz bunt an. Ich glaub, die Eier versteckt der Typ mit den langen und kurzen Beinen dann. Hase, genau, Hase heißt der. Ach ja, und sehr, sehr lange Ohren hat der auch noch. Viele Eier sind aber aus Schokolade und Marzipan. Also bestimmt gar nicht von den Hühnern. Oder es gibt auch viele mit Alkohol, wer sich immer über sowas freut, lasse ich jetzt mal weg. Manche Eier werden auch in kleine Bäume gehängt, aber nur, wenn in den Eiern nichts mehr drin ist. Nichts

Weißes und nichts Gelbes. Die wurden ausgeblasen. Ich versteh den ganzen Kram nicht, ist mir alles zu hoch. Kann so gar nicht sein. Nein, ich erzähl nichts mehr davon, ich lasse das. Ich warte mal ab, was passiert. Jedenfalls, hat die Chefin auch noch dazu erzählt, geht das Ganze über 4 Tage. Am ersten Tag, immer freitags, sind alle immer ganz ernst. Am zweiten Tag ist wieder alles wie immer und man freut sich auf den nächsten Tag, an dem dann alle suchen und diese Eier finden sollen. Und am vierten Tag, also dem letzten Tag, wenn alle gefundenen Eier schon fast aufgegessen sind, sitzt man den ganzen Tag ganz ruhig, und hofft, dass die Bauchschmerzen von der ganzen Esserei bald wieder weg sein mögen. Ach ja, richtig, Ostern heißt das, hat sie noch gesagt. Na ja, mal sehen, was Ostern dann so passiert. Vielleicht kommt ja auch alles ganz anders. Ich werde mir das ganz in Ruhe anschauen. Ist ja noch ein paar Tage bis dahin, wird mein erstes Ostern.

Eins hat die Chefin noch verraten – sie konnte es einfach nicht für sich behalten: Ich bekomme auch ein Ostergeschenk – Eine Packung Hundekuchen, sehen aus wie Würstchen. Sind aus Möhren gemacht, oder wie wir in Hamburg sagen aus Wurzeln. Also sehr gesund, hui! Das fand die Chefin so lustig, dass sie die Dinger gleich gekauft hat und dann dieses wundervolle Geheimnis bis Ostern nicht für sich behalten konnte. Hundekuchen aus Möhren sehen aus wie Würstchen – boah, richtig lustig! Tja, so ist sie, die Chefin.

43

Pippa und Luna besuchen mich,

hatte die Chefin mir erzählt. Am nächsten Sonntag kommen Pippa und Luna mit ihren Leuten zu Besuch. Ich war schon viele Tage vorher ganz aufgeregt. Das gab es bisher noch nicht. Wir 3 Hunde alle in meiner Wohnung. Richtig aufregend, das hatten wir so noch nie. Die Chefin hatte einige Sorgen, dass wir uns gut verstehen, wenn alle in meiner Wohnung sind. Ja, und dann kam zuerst Pippa. Ich bin extra mit der Chefin nach unten vor die Haustür gegangen und habe Pippa, den Mann mit dem dicken Bauch und die freundliche Frau schon auf der Straße begrüßt. Dann sind wir gemeinsam im Fahrstuhl nach oben gefahren. Gleich danach kam dann auch Luna mit ihren Leuten. War alles gut, keine Probleme.

Pippa und Luna haben sich meine Wohnung gleich ganz genau angeguckt, sind in alle Räume rein, haben meinen Schlafplatz inspiziert. Alle meine Spielzeuge haben sie auch genau angeguckt. Aber alles an Ort und Stelle gelassen. Boah, so viel Besuch hatte ich ja noch nie in meiner Wohnung. Macht Spaß, auch wenn es ein wenig eng ist. Der Vize hatte größte Sorge, dass wir Schrammen ins Laminat machen, wenn wir durch die Räume toben.

Zum Ausruhen haben wir nur einen kleinen Teppich im Wohnzimmer und der ist unter dem Couchtisch. Zu klein das Ding und zu eng für uns drei alle unter diesem

Tisch. War aber kein Problem. Wollten wir gar nicht drauf liegen. Die Chefin und ihr Vize gemeinsam hatten noch weit größere Sorgen um das Wohlergehen ihres Barwagens. Ein schönes Stück Möbel. Sehr filigran. Und überhaupt total überladen das filigrane, schöne Stück. Hoffentlich wird der nicht Opfer, wenn wir 3 gemeinsam um ein Spielzeug ringen. Na ja, wenn schon, man kann alles ja wieder richten. Der Vize auch? Ich weiß nicht, aber wie jemand vor sehr langer Zeit gesagt hat, einer wie er versucht in solchen Fällen, „ja zuerst den Geist heraus zu treiben, und hat er die Theile in der Hand – ja, dann fehlt das geistige Band." Hab ich schon erlebt so ein Dilemma.

Na ja, beide machten sich Sorgen, dass es unter uns Hunden auch keinen Stress gibt. In Jostedt hat es bisher immer super geklappt, bei Luna auch. Und so gab es in der Amalienstraße unter uns Hunden auch überhaupt nicht das geringste Problem. Ganz im Gegenteil. Wir waren die ganze Zeit auf den Beinen. Das hat geschlaucht. Aber alles super. Ich mache ja öfter eine kleine Pause. Pippa macht das auch. Nur Luna nicht, die turnt ununterbrochen die ganze Zeit durch die Wohnung. Hierhin und dann dorthin. Wirklich ohne Pause. Jede Fliege wird gejagt. Und jeder Rauchring dieser Elektrozigaretten, die die Chefin ständig raucht, wird verfolgt. Nein, Pausen kennt Luna nicht. Immer in kleinen und schnellen Schritten ist die Nervensäge unterwegs.

Spät am Nachnittag haben wir dann gemeinsam gegessen, jeder hat seine eigenen 2 Schüsseln, eine für das Essen und eine für Wasser. Luna ist immer zuerst fertig, die isst nicht, die kaut nicht, die saugt das Essen in sich hinein. Hab ich ja schon mal erzählt, hat sich nicht geändert. Ich ess ja auch schnell, aber normal. Nur Pippa, die hat die Ruhe weg. Wenn Luna und ich fertig sind, hat Pippa gerade einmal die Hälfte auf. Wir warten immer ganz ungeduldig, schließlich wollen wir dann auch gegen-seitig noch die Reste aus den Schüsseln kratzen. Ach ja, wir sind auch sehr sorgfältig, wir pfuschen nicht. Wir entfernen nach dem Essen die Reste natürlich auch von den Außenseiten unserer Schüsseln. Futterneid gibt es bei uns überhaupt nicht nicht. Wir wissen immer, für wen was ist. Ist etwas für mich, warten die beiden Anderen. Ist etwas für Luna, warten wir beiden anderen. Das war schon immer so. Hat Pippa uns beigebracht, dass es so zu sein hat.

Pippa, Luna, Pebbles, wir sind ein Superteam. Wir teilen alles, es gibt keine Eifersucht und keinen Streit — ziemlich un-menschlich, ist aber wirklich so. Und Pippa sorgt dafür, dass es so bleibt! Das macht sie ganz selbstverständlich.

War ein schöner Tag, aber sehr anstrengend. Sollten wir öfter machen. Und Schrammen haben wir auch keine im Laminat.

Siehste!

Nun muss ich erst einmal richtig ausschlafen.

44

Paket für Pebbles!

„Paket für Pebbles! Paket für Pebbles! Pebbles! Ein Paket für dich!" Es war früher Nachmittag, als ich so ganz ohne Vorwarnung aus meinem Mittagsschlaf gerissen wurde. Schrill und laut hatte die Chefin in der ihr eigenen nervigen Art gerufen. Gehört hatte ich bis zu ihrem Rufen nichts. Gar nichts. Hatte auch nicht geklingelt. Wäre ich von aufgewacht. Ganz sicher. Ich bin nämlich ein prima Wachmann. Nichts kann ich besser als Wache schieben, sagt jedenfalls der Mann mit dem dicken Bauch aus Jostedt. Da hat er Recht, hat er ja nun schon oft erlebt. In Jostedt sitze ich immer gern neben der Haustür am Fenster. Da, wo die Treppe nach oben geht, kann man gut 'rausgucken. Hab ich doch schon oft erzählt. Ganz toll geht das da. Hab ich den ganzen Hof im Auge. Das große Hoftor und den Briefkasten daneben. Und die Straße davor habe ich auch gut im Blick. Da passiert nichts, das ich nicht sehe. Oft gucke ich allein, aber viel gucken wir auch gemeinsam, Pippa und ich, wisst ihr ja. Und da habe ich dann auch schnell gelernt, Wichtiges und nicht so Wichtiges zu unterscheiden. Eigentlich ist aber immer alles ganz wichtig. Ich schlage lieber einmal zu oft Alarm, als einmal zu wenig. Man glaubt gar nicht, was hier so alles abgeht. Vieles kann ich einfach nicht so durchgehen lassen. Da muss ich eingreifen. Und das beste ist, wenn ich Alarm schlage, ist Pippa - ganz egal, was sie gerade macht - sofort dabei und unterstützt mich mit aller Kraft. Wir haben die Vorkommnisse immer gut im Griff, grinst der Mann mit dem dicken Bauch. Ich immer vorneweg. So wie ein richtiger Wachunteroffizier – fehlt nur die Uniform.

Pebbles als Wachmann – oder Wachunteroffizier vom Dienst, das wäre genau die Erfüllung für sie, meinte er noch dazu. Na ja, hab ich gedacht, lass den man meinen, sieht auch nicht alles richtig in der Welt. Wachmann! Pah, was glaubt der eigentlich, wer er ist. Aber gut, nicht so wichtig. Wird seinen Irrtum schon noch bemerken. Wachmann! Ich kann wesentlich mehr als den Wachmann machen. Unglaublich. Ja, ja der Mann mit dem dicken Bauch sieht auch nicht alles immer richtig. Gut, ok - Nobody is perfect!

Wo war ich gerade? Ach ja, die Chefin hatte: „Paket! Paket!" gerufen und es hatte gar nicht geklingelt. Die Lösung war ganz einfach. Sie hatte ausgeguckt. Tut sie immer gern. Sitzt dann am Fenster - und wenn es keiner sieht - mit Kissen unter den Armen und guckt, was sich unten auf der Straße so tut. Und nun wartete sie auf den Paketboten. Der kam dann auch in ihre Richtung und da rief sie dann sofort „Paket für Pebbles! Paket für Pebbles! Pebbles! Ein Paket für dich!" Obwohl es noch gar nicht geklingelt hatte, aber wer außer ihr sollte denn sonst ein Paket bekommen? Eben. Und dann klingelte es tatsächlich. Und das Paket war für mich! Wirklich! Für mich! Ein Paket für Pebbles. Das hatte ich ja noch nie. Das Paket war recht groß, ungefähr so wie für 6 Flaschen Wein. Die Größe kenne ich, das ist ein gutes Maß für alle Dinge. Wie gut das Paket zugeklebt war, man, hier ein Klebeband, und hier noch ein Klebeband und dann dasselbe nochmal, aber quer darüber. Hat dem Paket aber nichts genützt, das ganze Klebeband. Die Chefin holte schnell eine Schere. Überflüssig, als sie mit der Schere wiederkam, hatte ich das Ding schon offen. Ich hatte schnell den ganzen Deckel abgerissen. Sowas geht immer gut mit meinen Rattenknackerzähnen. Zügig und gründlich mache ich das. Und dann habe ich gesehen, was drin war in dem Paket. Nur Schmackos und so Kekse. Ganz kleine, so richtig für mich. Sonst nichts – aber das ganze Paket voll. Ich konnte es gar nicht glauben. Alles für mich! Ich hab dann schnell probiert. Erst die Schmackos und dann die Kekse. Super, sag ich nur. Super. Und die Kekse erstmal – so genau die richtige Größe für mich. Nicht zu groß, nicht zu klein – exakt mundgerecht. Pippa wären die Kekse zu klein, würde sie wohl gar nicht für aufstehen.

Ich habe dann gleich noch zweimal probiert. Super. Dann hat mir die Chefin erzählt, wie ich zu dem Paket gekommen bin. Warum ich das geschenkt bekommen habe. Ehrlich gesagt, ich hab vergessen, warum. Hab gar nicht zugehört und hat mich auch nicht interessiert, Hauptsache die Dinger sind da und sind alle meine. Ich wollte die lieber noch weiter probieren. Hab ich dann auch, reichlich. Mein Abendessen aus der Schüssel brauchte ich dann nicht mehr – nur viel Durst hatte ich. Schmecken wirklich super, die Schmackos und die kleinen Kekse, nur ein wenig trocken. Macht nichts, trinke ich eben etwas mehr.

Die Chefin meinte später, morgen ist Dienstag. Da müssen wir wieder ins Büro fahren. Die Chefin hatte meine Freude über das Paket und die Schmackos und die kleinen Kekse gesehen. Und weil sie weiss, dass ich überhaupt nicht gern ins Büro fahre, hat sie vorgeschlagen, mit den neuen Schmackos und den kleinen Keksen ein Lunchpaket in einer Tupperdose für mich zusammenzustellen. Das kann ich dann ganz in Ruhe mittags im Büro verspeisen. Das finde ich wunderbar. Denn Home Office, hat sie noch gesagt, ist nur noch montags und freitags. Und ab morgen geht es wieder dreimal pro Woche ins Büro. DIMIDO sagt die Chefin dazu. Hab ich zuerst nicht verstanden. Die Chefin hat ja für viele Dinge so ihre Spezialworte. Dienstag, Mittwoch und Donnerstag meint sie, DIMIDO - aha, ok. Da fahren wir dann mit der U-Bahn ins Büro für den ganzen Tag. Die U-Bahn finde ich blöd. Viele mir unangenehme Leute darin und immer schmutzige Fußböden. Ich hasse das, dieses ins-Büro-fahren mit der U-Bahn. Hab ich gefragt, ob sie das jetzt immer machen kann, das mit dem Lunchpaket. Mal sehen, hat sie gesagt. So mit dem Lunchpaket würde ich mir das DIMIDO-ins-Büro-fahren so gerade eben noch gefallen lassen, wenn es denn gar nicht anders geht. Home Office ist alle Mal besser. Das Paket hält ja nun erst einmal für eine längere Zeit. Das hoffe ich auch, allein richtig glauben will ich es nicht.

45

Ein Jahr

wohnen wir jetzt zusammen in der Amalienstraße – die Chefin und der Vize und ich. Ich muss sagen, die Beiden haben wirklich sehr viel Glück gehabt. Ich habe mich damals für sie entschieden und habe es bis heute nicht bereut. Keinen Tag.

Na ja, vielleicht doch so ein wenig manchmal. Sie haben sich ja oft auf Reisen begeben. Ich hab dann für die Zeit bei Pippa gewohnt. Ich weiß aber auch, dass es den Beiden immer recht schwer gefallen ist, mich bei Pippa zu lassen. Besonders der Vize hatte, wenn sie dann ohne mich vom Hof fuhren, einen recht wässrigen Blick. Hab ich gesehen, ganz genau hab ich das gesehen. Heute weiß ich, diese Reisen waren schon fest geplant, bevor wir eine Familie wurden.

Aber wenn die Beiden dann wieder kamen, war ich total hin und weg. Ich hab mich so gefreut, ich wußte gar nicht, was ich aus meiner Freude machen sollte. Und vor Freude bellen konnte ich bald auch nicht mehr - ich kann dann nur noch schreien - ganz, ganz laut. Und lange, ganz lange, da kann auch niemand mich unterbrechen, das muss raus! Ich weiß, ist nicht so toll, aber ich kann nicht anders. Und ich will auch gar nicht anders. Sollen alle wissen, wenn ich mich freue.

Aber ich glaube, die Beiden haben daraus gelernt. Wir fahren jetzt immer zu dritt in die Ferien. Wir waren nun schon an der Nordsee und zweimal in den Bergen. So richtige Berge meine ich, so ohne Bäume oben. Und ich glaube, wenn ich das recht verstanden habe, fahren wir wohl bald wieder in die Berge ohne Bäume oben. Im Sommer, dann ist es warm und es gibt nicht so viel kalten Schnee.

Überhaupt haben die Chefin und ihr Vize viel gelernt in diesem Jahr. Ich war ja gerade so fast ein Jahr alt, als ich zu den Beiden in die Amalienstraße kam. Da dachte ich gleich, meine Güte, na, die müssen noch eine ganze Menge lernen. Ziemlich naiv, obwohl schon so alt - beide. Aber heute, so nach gut einem Jahr sehe ich, dass die beiden Alten doch eine Menge dazu gelernt haben. Erstaunlich. Sie verstehen jetzt auch viel von dem, was ich ihnen so sagen will. Manches verstehen sie aber überhaupt nicht. Macht nichts, wird schon noch – irgendwann, eilt ja nicht.

Die Chefin und der Vize sind ja immer sehr für Ordnung. Mmmh, na gut. Jeder der beiden hat so seine kleinen Figenheiten. Die Chefin besteht immer darauf, dass abends, und vor dem Schlafengehen ganz besonders, mein ganzes Spielzeug weggeräumt wird. In diese blöde Kiste, die ich mal bekommen habe. Also darf ich ab dann mit meinen Spielsachen nur dann spielen, wenn die Chefin dies vorher erlaubt. Warum? Warum kann ich nicht spielen, wenn ich noch ein wenig spielen will? Hab doch sonst nichts zu tun. Gibt wohl mehr Repsekt vor ihr, glaubt sie wohl. Ob das so was wird? Glaub ich nicht, wird sich zeigen. Aber das wird sie dann auch noch lernen – zuuu alt dafür ist sie jedenfalls noch nicht.

Sonst ist alles super hier. Mein Bett ist super. Meine Spielsachen sind super. Mein Zuhause ist auch super. Chefin und Vize sind auch super. Ok, manches, was die so anstellen, sehe ich anders. Kann ich aber drüber hinwegsehen, bin tolerant – kein Problem.

Nee, alles gut, wenn ich so überlege. Nur - morgens, wenn noch alles schläft, fährt der Vize schon zur Arbeit. Das ist ein wenig nervig. Ich merke das natürlich, tue aber so, als ob ich noch schlafe. Da stehe ich nicht mehr auf für, wenn der meint, so früh aus dem Hause gehen zu müssen.

Abends ist es anders, da ruft der immer an, kurz bevor er kommt – das höre ich ja raus, kenne ja seine Stimme – und dann gehe ich voller Freude über seine Rückkehr mit der Chefin ihn abholen und seinen Parkplatz frei machen. Sonst muss der ja sonstwo parken.

Wenn wir dann zuhause sind, ist es super. Ist schon alles ganz toll so zu dritt in unserer Wohnung in der Amalienstraße. Blöd nur, wenn der Vize dann nochmal allein laufen gehen will. Da bin ich dann immer ein wenig traurig.

Halt! Nee, eins fällt mir noch ein. Manchmal finde ich das Essen hier ein wenig knapp. Kann man auch sehen, wenn man denn ganz genau, also wirklich schon ganz genau hinguckt. Ich hab nur Haut auf den Rippen, keine noch so dünne Speckschicht. Daher friere ich manchmal ein wenig. Statt mehr zu essen zu bekommen, habe ich ja meinen blöden Mantel Typ Uppsala bekommen. Wäre gar nicht nötig gewesen. Na ja, so ganz stimmt das natürlich nicht mit dem knappen Essen, aber ich esse doch so gern. Immer und zu jeder Zeit. Fast alles und jedes. Der Drang ist in mir drin und wird auch immer bleiben. Vielleicht liegt es auch an meinem früheren Leben.

Was habe ich da doch für ein Glück mit Pippa, der freundlichen Frau und dem Mann mit dem dicken Bauch. Da gibt es IMMER zu essen. Mehr als nur genug. Schon wenn ich ankomme, gibt es zuallerst gleich ein großes Stück Leberwurst von dem Mann mit dem dicken Bauch. Und weil ich die Leberwurst so schön gegessen habe, gibt es immer noch einen Schmacko zur Belohnung oben drauf. Da freue ich mich schon, sobald ich weiß, es geht wieder einmal nach Jostedt. Das ist mein Zweitzuhause.

Hätte schlechter kommen können.
Alles. Weiß ich. Weiß ich sogar ganz genau.

Ach, so ist das Leben wirklich schön. Schöner geht nicht.

Jetzt geh ich mal eine große Runde schlafen und träume vom nächsten Jahr.

Anmerkung

Pebbles hört immer und überall genau zu. Gelegentlich zitiert sie gern.

Manchen Ausspruch passt sie an.

Von vielen Leuten, besonders von:

Reinhard Fendrich

Emil Fried

Johann Wolfgang von Goethe

Udo Jürgens

Heinrich Heine

Franz Lehar

Thomas Mann

Gioachino Rossini

Britney Spears

Kurt Tucholsky

Mark Twain

Hannes Wader

Franz Werfel

Billy Wilder

Nina Witschonke